淫愛秘恋
羞恥に耐え、漣は言われたとおり素直に足を開いた。
白足袋だけ履いた素足が、ひどく艶めかしくていやらしい。

淫愛秘恋《いんあいひれん》

高塔望生《たかとうみお》

ILLUSTRATION：高行《たかゆき》なつ

淫愛秘恋

LYNX ROMANCE

CONTENTS

淫愛秘恋

深夜、眠れぬままベッドに横たわっていると、遥《はる》か上空を行くジェット機のエンジン音が聞こえてきた。泣き腫《は》らした目をきつく閉じると、間宮漣《まみやれん》は遠く響く音に耳を澄ませ、夜間飛行する機内へと想像を巡らせた。

客室乗務員が、大きなカートを押しながらゆっくりとギャレーへ去っていく。

通路を挟《はさ》んだ斜め前の席で、仲睦《むつ》まじく頰《ほお》を寄せ合っているカップルは、幸せそうに何を話しているのだろう。隣の席では、ビジネスマンと覚《おぼ》しき外国人客が、食後のワインを楽しみながら英字新聞を熱心に読んでいた。

始まったばかりの旅への期待に胸を躍《おど》らせながら、漣は窓のシェードを下ろしシートを倒した。もうすぐ久しぶりに恋人に会えると思うと、興奮でとても眠れそうにないけれど、ブランケットを胸まで引き上げ目を閉じる。

飛行機は今、どの辺りを飛んでいるのだろう。ぐっすり眠って目を覚ましたら、朝陽《あさひ》に煌《きら》めく雲海がどこまでも広がる光景を目の当《ま》たりにできるだろうか。

朝になったら、夕方には着くと隆一《りゅういち》さんにメールで知らせておいた方がいいかな。

それとも、空港からいきなり電話をしてびっくりさせようか。

どちらにしろ、隆一はきっと大慌《おおあわ》てで迎えに飛んできてくれるだろう。そうして、漣、会いたかったよと言いながら温かな胸に抱え込み、ぎゅっと抱きしめてくれるに違いない。

不意に鼻の奥がツンと熱くなって、涸《か》れたはずの涙がまた溢《あふ》れそうになっていた。

居たたまれないやるせなさに、甘やかな空想が無惨《むざん》に霧散《むさん》していく。

分かっている。眩《まばゆ》く光る雲海を、自分が目にすることはけしてない。明日になれば、自分は子供の頃から馴《な》れ親しんだこの部屋を出て、夜の底へと滑り堕《お》ちていかなければならない身なのだから。

でも、どうしても雲の果てに募《つの》る想いを止められない。忘れることなど、できるはずもないのだ。

いつの間にか、微《かす》かに響いていたエンジン音はかき消すように聞こえなくなっていた。

どこへも飛べない自分を置き去りにして、飛行機は彼方《かなた》へと去ってしまった。

耳の奥にはまだ、少し低い澄んだ声の響きが残っているというのに――。

その忘れ得ぬ名残《なごり》さえ振り切るように、漣は重苦しい切《せつ》なさを抱えたまま寝返りを打った。

隆一さん、ごめんなさい――。

封印した言葉を胸の裡《うち》で呟《つぶや》いた途端《とたん》、堪《こら》え損ねた涙が一筋、頬を濡《ぬ》らしてこぼれ落ちていった。


閑静《かんせい》な住宅街の奥まった一画に、アルカンジュと名づけられた瀟洒《しょうしゃ》な白亜《はくあ》の洋館が、夜目にも鮮やかにそびえ立っていた。

見る者を圧倒する豪奢《ごうしゃ》な威厳を持つアルカンジュは、戦後断絶してしまったさる宮家《みやけ》の別邸として、明治の終わりに建てられた物であるらしい。

それをレストランチェーン、ティユールのオーナーが、ハウスウエディングの会場として買い取り、ここへ移築したのだということだった。

普段は、新婚カップルの笑顔が弾《はじ》け、祝福の声が響くアルカンジュだが、年に一度だけ秘密のパーティが開かれていた。

東京《とうきょう》を中心にレストランやクラブ、バーなどを展開するティユールの持つもう一つの顔、完全会員制倶楽部《くらぶ》ベルフール主催のパーティである。

都内某所にあるベルフールは、高級コールボーイを抱える娼館《しょうかん》で、どんなに大金を積もうとも、会員以外はいっさい足を踏み入れることはできない。

だが、アルカンジュで開かれるパーティなら、ビジターの参加も認められていた。

もっとも、予《あらかじ》め厳しい審査を潜《くぐ》り抜け、バカバカしいほど法外なビジター料金を支払わなければならないが――。

それでもベルフールの会員として認められるステップとして、アルカンジュで開かれるパーティへのビジター参加を希望する者は後を絶たなかった。

吹き抜けになったサロンへ続く螺旋《らせん》階段の上から、間宮漣は華やいだ雰囲気のパーティ会場の様子を眺《なが》めていた。

会場の広さの割に、客の数はそれほど多くなかった。テーブルとテーブルの間隔も、充分すぎるほどのゆとりを持って配置されている。

行き届いた配慮の感じられるサロンで、上質のディナージャケットで正装した客達は、男娼《だんしょう》を買いに来た後ろめたさはもちろん、淫猥《いんわい》さの欠片《かけら》も感じさせず寛《くつろ》いでいた。

マイペースで楽しむ客達の間を、それぞれ個性を生かしたパーティ用の装いに身を包んだギャルソンが、甲斐甲斐《かいがい》しく給仕して回っている。

よくあるハイソサエティのパーティ会場とさして変わらない光景だが、いずれも水準以上の美貌《びぼう》を備えたギャルソンは、ベルフールのスタッフによって厳選されたコールボーイ達だった。

客の間を軽やかな足取りで歩きながら、彼らは皆、いち早く上客を捕まえようと、にこやかな営業スマイルの裏で鵜《う》の目鷹《たか》の目で客達を値踏みしている。

サロン内での淫《みだ》らな行為は禁止されていたが、客に指名されれば邸内に設けられた個室で自由に過ごすことができるし、客が望めば一緒に外のホテルへ行くことも可能だった。

総じてベルフールの会員は、金離れのよいハイクラスの男達ばかりだが、できればほかの男娼より少しでも上等の客を捕まえたいと誰もが願っていた。

何しろ、客の優劣は、そのまま男娼としての自分の評価に繋《つな》がるのだから——。

同じように、客達も自分の好みに合う男娼を侍《はべ》らせようと、行き交《か》うギャルソン達をさりげなく品定めしている。

優しく繊細《せんさい》な色調で仕上げられた壁に、天井から下がった豪華なシャンデリアの光が映《うつ》っていた。

優雅なピアノの生演奏が流れるサロンで、客と男娼の見えない駆け引きが繰り広げられている。

そんな、いわば戦場へ、自分も早く降りなければと思うのに、どうしても足が竦《すく》んで動けなくて、漣は螺旋階段の手摺《てす》りを握り締めたままぐずぐずと立ち尽くしていた。

ただでさえ透き通るように白い頬は、緊張のあまり青ざめていた。すっきりと鼻筋の通った甘く儚《はかな》げな美貌は、強張《こわば》って表情を失ってしまっている。

ベルフールのスタッフに着せられた、ロングジャケットにジャボという古風な衣装のせいもあってか、まるでアンティークのビスクドールが立っているように見えた。

先週まで、漣はティユールが経営する、男性客専用の会員制高級ホストクラブ、エル・ド・ランジュでホストとして働いていた。

そこは一応、組織の表の顔であるティユールが経営する店だったから身体《からだ》を売る必要はなかった。

もちろん、馴染《なじ》みになった客とそういう関係になるホストはいくらもいたし、売り上げを伸ばすためにはそれが当たり前だった。

だが漣は、入店以来、食事だけの店外デートすら滅多《めった》に受けようとしない、やたら身持ちの堅いホストで通してきたのである。

金に不自由しない遊び馴れた客達は、生真面目《きまじめ》で物馴れない漣をかえって面白がって、なんとかして落とそうと店へ通ってくれた。

そのおかげで、漣の売り上げは意外にもそれほど悪い方ではなかった。

でも、今夜からもうホストではなく、漣はベルフールの男娼だった。

客に求められれば、それがどんなに意に添わない相手であろうとも、従順に足を開き受け入れなければならないのだ。覚悟は決めたつもりだったが、いざとなると不安や恐怖、嫌悪感に全身を絡め取られふるえが止まらなかった。

「汀《なぎさ》、そんなところに突っ立ってないで、さっさと仕事をしろ」

不意に、背後から叱責《しっせき》の声が響き、漣は怯《おび》えたように肩を揺らした。

声は、支配人の玖木《くき》のものだった。

端整《たんせい》で彫りの深い印象的な顔立ちをしているが、一重瞼《ひとえまぶた》の切れ長の目には深い闇《やみ》を思わせるような冷たさが感じられ、漣はどうしてもこの玖木という男が好きになれなかった。

「……すみません」

玖木に背を向けたまま、硬い声で答える。

ここにいる自分は、汀という名の男娼であって、もう間宮漣ではない。

ベルフールの男娼になるという、あの契約書にサインをした瞬間、間宮漣は死んだのだ。

「心配するな。お前なら、きっといい客がつく」

初仕事の漣が怖じ気《おけ》づくのも無理はないと思い直したのか、玖木は漣の横に寄り添うように立った。

「初めにエル・ド・ランジュの支配人から話が上がってきた時は、年齢だけ聞いて話にならないと撥《は》ねつけたんだが。とにかく一度見に来てくれと口説《くど》かれて、仕方なく行ってみて驚いた。なんで、最初からこちらへ連れてこなかったんだと思わず言ってしまったくらいだ」

漣より頭二つほど高いところから、宥《なだ》め賺《すか》すような声が降りてくる。

「ホストをしていたとは信じられないほど、お前には擦れたところが一つもない。そればかりか、昨日二十歳《はたち》になったと言っても通りそうな瑞々《みずみず》しさも失っていない。まったく、こんな滅多にない奇跡の逸品《いっぴん》が、まさか表の店に埋もれていたとはな」

思春期はとうに過ぎたというのに、いくつになっても漣はまるで時を止められてしまったかのように、少年のような華奢《きゃしゃ》な身体つきのままだった。

未《いま》だ十代の頃の面影を色濃く残した小作りな顔は、中性的で人形のように整っている。

黒目がちの目は濡れたように光って見え、どこか憂《うれ》いを含んでいるようでもあり、長く密生した睫《まつ》毛《げ》とも相俟《あいま》って漣の少年めいた透明感のある美しさを際だたせていた。

それらはすべて男らしさとは正反対のもので、実は漣が心密かにコンプレックスに感じていることだったが、玖木はそれこそが希少価値のある魅力のように褒《ほ》めそやしてくれる。

これまで、数えきれないほどの男娼を見てきた玖木が、言わばプロの目で見てそう言ってくれるのだから、多少割り引いたとしてもある程度は本当のことなのだろう。

でも、そんなことを言われても嬉《うれ》しくもなんともなかったし、正直、気休めにすらならなかった。

「さあ行け。お前のその顔と身体には、大金を投資してあるんだ。その分、しっかり稼いでこい」

最後通牒《つうちょう》のような無情な声に、漣の引き結んだ唇が微かにわななかいた。

でも、玖木の言うとおり、いつまでもここに立ち尽くしていることは許されない。

意を決し、漣は俯《うつむ》きがちにふるえる足を踏み出した。

まるで自ら刑場へ赴《おもむ》くような気持ちで、サロンへ続く階段を下りていった。


父徹雄《てつお》の会社の経営が悪化していると知ったのは、漣が大学に入ってすぐのことだった。

間宮精密加工は、元は漣の祖父が始めた小さな町工場だった。それを、技術者である徹雄が、自ら考案取得した特許技術によって飛躍成長させたのである。

だが、長引く景気低迷の影響を受け業績は次第に悪化。アジアの競合企業との価格競争にも敗北してしまった結果、大手からの受注が激減してしまった。

メインバンクから追加融資を断られ、運転資金に切羽詰《せっぱ》まった父が、闇金融にまで手を出していたとは、母の妙子《たえこ》も漣もまるで知らないことだった。

ある日、上質のスーツに身を包んだ、物腰は柔らかいがひと目で堅気《かたぎ》ではないと分かる、目つきの鋭い男が借金の督促《とくそく》にやってきた。

焦《こ》げついた負債《ふさい》が八千万円まで膨《ふく》らんでいると聞かされ、妙子も漣も言葉を失った。

住んでいる家や土地は、銀行からの融資を受けるためにすでに抵当に入ってしまっている。その銀行からの借入金も、なんとか利息だけ支払うことで返済を猶予《ゆうよ》してもらっている状況だった。

それらを含めれば、間宮精密加工は二億円近い負債を抱えていることになる。

しかも、闇金からの高利の借金は、日を追うごとに雪だるま式に嵩《かさ》み続けていく。

このままでは、早晩、倒産は免《まぬが》れないだろう。

そうなれば、働いている社員やその家族までも路頭に迷わせることになってしまう。

うずくまるように頭を抱えた徹雄に向かって、取り立てにきた男は、思いがけない提案をした。

「間宮さんは、まだほかにはないすばらしい財産をお持ちじゃありませんか」

怪訝《けげん》そうな顔をした徹雄に、男はなんでもないことのように言葉を継いだ。

「息子さんですよ。息子さんに、ウチの系列のクラブで働いてもらったらどうです？」

男は、漣がティユールが経営する会員制高級ホストクラブ、エル・ド・ランジュでホストとして働くことを承知すれば、毎月の返済を半年も猶予してくれると言った。

しかも、漣の売り上げを返済に充当することもできると言う。

「エル・ド・ランジュは、富裕層専門の特別なホストクラブなんです。だから、いくら見てくれがよくても、頭の悪いチャラチャラした者は絶対に雇《やと》いません。その点、息子さんなら、身元も確かだし文句のつけようがない。息子さんの心がけ次第では、相当稼ぐこともできるはずですよ。ナンバーワンホストに上り詰めれば、年収一億だって夢じゃありません」

徹雄の耳に甘く毒々しい蜜を流し込むように、男は囁《ささや》いた。

年収一億と聞いて、鬱々《うつうつ》と淀《よど》んでいた徹雄の目が光った。

「それに息子さんとの契約が成立すれば、仕度金《したくきん》としてまとまった金額をお支払いすることができます。なに、実際は仕度なんて何もいりませんから、その金は当座の運転資金に当てていただいて結構ですよ」

いくら高給でも、それでは漣を売り渡すようなものではないか、と妙子は泣いて怒り止めてくれた。

漣だって、どんなに高級店だと言われても、ホストクラブなどで働きたくはなかった。

せっかく志望の大学に合格し、これからやりたいことだってたくさんある。

何より、漣には固く心に決めた恋人がいた。彼を裏切るようなことは、絶対にしたくない。

でも、漣に男の誘いを拒否することはできなかった。

漣にとって徹雄と妙子は伯母《おば》夫婦に当たり、徹雄とは血の繋がりもなかった。

漣の実母晶子《あきこ》は、シングルマザーだった。妊娠が判明した途端、恋人に捨てられてしまったのである。それでも、周囲の反対を押し切って漣を産み、女手一つで育てようとしてくれた。

だが、漣が四歳の時、晶子は病気になり亡くなってしまった。

遺《のこ》された漣を、晶子の姉に当たる妙子が渋る夫を懸命に説得して引き取り、我が子として育ててくれたのである。それが今、漣の隣で涙に暮れている母だった。

徹雄は酒に酔うとよく『お前は、どこの馬の骨の血を引いているのかも分からない。お前なんか、俺の息子じゃない』と厭味《いやみ》を言った。

そんな時、妙子は必ず漣を庇《かば》い、慰《なぐさ》めてくれ、常に実の子供以上に深い愛情を注いで育《はぐく》んでくれた。

どんなに徹雄に疎《うと》まれても、妙子さえいてくれれば漣は平気だった。

だが、ここ数年は妙子も体調が思わしくなく、入退院を繰り返すようになっていた。慈《いつく》しんでくれた妙子の恩に報《むく》いるためにも、今ここで自分が役に立たなければと、漣は悲壮な覚悟を決めた。

「お母さん、大丈夫だよ。ホストって言っても、お店でお客さんのお酒の相手をするだけだそうだから。仕事は夜だけみたいだし、お給料がもらえるなら、馴れれば大学にも戻れるかもしれない」

現実はそんな甘いものではないだろうし、きっとそんなことは無理だと分かっていたが、妙子を安心させたい一心で、漣は気丈《きじょう》に笑ってみせた。

ホストクラブでは、上品で礼儀正しいが必要以上に客に色目を使わず、プレゼントもねだらない漣は、ホスト仲間にお高くとまっていると詰《なじ》られずいぶん苛《いじ》められた。

でも、どうしてもきれいな身体のまま一日も早く借金を返し、自由の身になりたい。

そう思い詰め、どんな嫌がらせにも歯を食い縛って堪《た》え、頑張ってきたのに――。

漣のおかげで多少は持ち直したはずの会社の資金繰《ぐ》りが、再び切羽詰まっていると知らされたのは、一ヶ月ほど前のことだった。

収入のほとんどを徹雄に仕送りしてしまっていたから、蓄《たくわ》えはないに等しかった。仕方なく、恐る恐る前借りを申し入れた漣に、店の支配人はベルフールの男娼になったらどうかと勧めてきた。

「本来なら、年齢的に厳しいところだが。お前なら、まだ充分いける。その気があるなら、すぐにも上へ推薦してやるけど、どうする？」

真っ青になって漣は首を振った。男娼になるなんてとんでもない、とキッパリ断ったはずなのに、支配人は漣の意向など無視して早々に話を通してしまったようだった。

いつの間に査定されたものか、漣は突然ベルフールの支配人に呼び出された。

ベルフールの男娼になることを承知すれば、すぐに五千万円の追加融資をすると言われたが、それでも漣は今まで通りエル・ド・ランジュのホストとして頑張ると断った。

ところがその晩、徹雄からベルフールへ行けと電話がかかってきた。行ってくれと懇願《こんがん》するのではなく、臆面《おくめん》もなく行けと言い放つ徹雄に漣は憤《いきどお》りを覚えた。

だが、徹雄から母妙子が心労で倒れて入院したと聞かされ、一晩泣き明かした末、ついに身を売る決意をしたのだった。

ただし、漣がベルフールの男娼になったことは、絶対に妙子には知らせないという約束で——。

そして今夜は、漣が男娼汀として生まれ変わった夜だった。

フォーレのノクターンが流れるサロンでは、テーブル席やソファ席で、客達が寛いでいた。

それぞれ、目をつけた男娼を侍らせ、優雅にシャンパングラスを傾けている。

中には、早くも気に入った男娼の肩を抱き、いそいそと席を立つ客の姿もあった。

邸内に用意された客室を利用するのか、それとも外のホテルへと向かうのか。

男娼の方も客にしなだれかかり、精いっぱいの媚《こ》びを振りまいている。

何も事情を知らない人が見れば、恋人同士のように見えるだろうふたりの後ろ姿をチラリと見やり、漣は無意識に詰めていた息を吐き出した。

もしも指名されたら、見知らぬ客とあんな風に親しげに肩を寄せ合うことができるだろうか。

考えただけで、暗澹《あんたん》たる思いに駆られていた。

だが、客にリクエストされたら、自分に拒否権はない。

好きでもなんでもない男に身体を開く。その瞬間を思うと、全身の血が凍りついて、貧血を起こして倒れてしまいそうだった。

伏し目がちに、できるだけ客と目が合わないようにしながら、サロンを突っ切ろうとした漣を、追いかけてきた玖木が慌てたように呼び止めた。

「汀。エグゼクティブルームのお客様からご指名だ。こちらへ……」

「……えっ？」

戸惑《とまど》う漣の腕を摑《つか》むと、玖木はほかの客から声をかけられないうちにとでも言いたげに、早足で歩き始めた。半《なか》ば引きずられるようにして、漣は下りてきたばかりの螺旋階段へと戻っていった。

「立場上、絶対にほかの会員に顔を見られたくないという特別なお客様のために、個室が用意されているんだ。サロンの様子は、モニターでご覧になっている。階段を下りていくお前を見て、すぐに呼んで欲しいとリクエストが入った」

潜《ひそ》めた声で耳打ちするように早口で説明すると、玖木は目を細めて漣を見た。

「やはり、俺の目に狂いはなかったな。サロンへ出て三分と経たないうちに、最上級クラスの客を捕まえたんだ。巧《うま》くやれよ。くれぐれも、粗相《そそう》のないように」

驚きと緊張のあまり返事もできず、漣は得意げな玖木の声を黙って聞いていた。

階段を上がりきると、ウエイターがワゴンの上にブランデーのボトルとグラスを用意していた。

バカラのクリスタルボトルに入ったブランデーは、エル・ド・ランジュでは一本五百万で出していたビンテージブランデーである。

ここでの価格は知らないが、エル・ド・ランジュより安いということはないだろう。

なるほど、確かに無駄に金持ちの客であるらしい。

厨房《ちゅうぼう》から届いた豪華なオードブルの皿をワゴンに載せ、漣は玖木につき添われエレベーターホールへ向かった。

膝がガクガクして力が入らず、うっかりすると躓《つまず》いてしまいそうになる。

できることなら、今すぐ、何もかもすべて放り出して逃げ出してしまいたい。

エレベーターなんか、永遠に来なければいいのにと思う。

だが、インジケーターの灯《あか》りはスーッと移動して、無情にもエレベーターはすぐに到着した。

玖木に肩を押され、漣はエレベーターに乗り込んだ。

「……あ、あの……」

「なんだ？」

「その……、エグゼクティブルームには……寝室も……あるんですか……？」

「当たり前だろう」

何を今さらと言いたげに、玖木が上からちらりと見下ろしてきた。

「……すみません……。ほかのお客様のように、別の部屋へ行くのかと思ったものですから……」

「超一流ホテルのスイートにも引けを取らない部屋だ。初仕事がエグゼクティブルームのお客様だなんて、お前は本当に運がいい」

もしかしたら部屋で酒の相手をするだけで、抱かれずにすむかもしれない、などと淡い期待を抱いた、とは間違っても口にできない。

唇を噛《か》み締めて、漣はじっと足下を見つめた。

最上階まで上がり、エレベーターは静かに停止した。

敷き詰められた踵《かかと》まで埋まるような分厚《ぶあつ》い絨毯《じゅうたん》に足を取られながら、漣はワゴンを押し静まり返った廊下をとぼとぼと歩いていった。

最上階の部屋は、東西に二つしかないようだった。

東側の部屋の前で立ち止まると、玖木はインターフォンを押した。

「ご注文の品をお届けに参りました」

「……ご注文の品」と、漣は胸の裡で繰り返した。

多分、玖木が言った注文の品の中には、ワゴンに載せられている酒やオードブルだけでなく、自分のことも含まれているのだろう。

いや、自分こそがメインの品に違いない。

今ここにいる自分は、もう人であって人ではなく、金で売り買いされる男娼という商品なのだ。

それならそれで、自動人形にでもなったつもりで堪えるしかない。

漣が覚悟を決めるのとほとんど同時に、カチリと小さな音がしてロックが解除される音がした。

玖木が静かに扉を開けてくれる。

心臓が破裂しそうなほどドキドキしながら顔を上げたが、扉の向こうには誰もいなかった。

肩すかしを食らったような顔をした漣の背中を、玖木が促《うなが》すように軽く押した。

「さあ、行くんだ」

「……はい」

ワゴンを押した漣が素直に室内へ入るとすぐに、背後で扉が静かに閉じられた。

玖木に一緒に来て欲しかったわけではないが、ひとりになった途端、急激に心細さが募っていた。

気持ちを鎮《しず》めるように深い息をついて、短い廊下をそろそろと突き当たりまで進んだ。

すると、左右にまったく同じ造りの扉があり、漣はどちらを開ければいいのか戸惑ってしまった。

中の様子を窺《うかが》うように耳を澄ますと、右側の部屋の中から何か物音が聞こえたような気がした。

ごくりと唾《つば》を飲み込み、右側の扉をノックしようとした時、背後で勢いよく扉が開いた。

驚いて振り向くと、五十代後半くらいに見える堂々たる体軀《たいく》の男性が葉巻《はまき》を咥《くわ》えて立っていた。

黒縁《くろぶち》の眼鏡《めがね》をかけ、もみあげや顎《あご》の下に蓄えられた髭《ひげ》には白いものが混じっている。

眼光が鋭く目尻にはしわが刻まれているが、アクの強さは感じさせず、渋さが際だったダンディという表現がピッタリくる男だった。

男の顔はテレビか何かで見たことがあるように思ったが、緊張のせいかどこで見たのか咄嗟《とっさ》には思い出せなかった。

「……ご、ご注文の品を……、お…お届けに参りました」

葉巻の独特の匂いに噎《む》せそうになりながら、漣は男の視線から逃れるように顔を伏せた。

「待っていたよ」

強い光を湛《たた》えていた目を柔和《にゅうわ》に細め、男は漣の肩を抱くようにして部屋の中へ招じ入れた。

ワゴンに縋《すが》るように歩き出しながら、漣は閉じられたままの背後の扉をちらりと振り返った。

あちらの部屋にも、誰かいるような気配がした。

エグゼクティブルームを使うほどの客だから、秘書でも連れてきているのかもしれない。

それとも、客はひとりではないのか。そう言えば、今夜のパーティは、ビジターの同伴が認められている。思い当たった途端、ドクドクと身体が揺れているのではないかと思うほどの動悸《どうき》がしていた。

まさか、何人もになぶられる？

恐怖と嫌悪に、吐き気が込み上げてくる。

立ち竦んでしまった漣の横を擦り抜け、男は部屋の中央でひときわ存在感を放っている革張《かわば》りのソファへと腰を沈めた。

「今日が店出しだそうだな。名前は？」

「汀です」

「いい名前だ。覚えておこう」

「……ありがとうございます」

内心の怖れを押し隠すのに必死で、笑顔を取り繕《つくろ》うこともできず、漣は半ば棒読みのように答えた。

広々とした室内はホテルのスイートと言うより、ヨーロッパの貴族の館と言った方が似つかわしい、贅沢《ぜいたく》だがスタイリッシュで落ち着いた設《しつら》えになっていた。

趣味のいいアンティーク家具が配置された部屋の中央には高級感溢れるカッシーナのソファセット、壁にはジョン・コンスタブル風の風景画が飾られている。

ソファの正面には、壁を覆わんばかりの大画面テレビが置かれ、漣がつい先ほどまでいたサロンの様子がつぶさに映し出されていた。

奥の寝室へ通じる扉が少しだけ開いていて、カバーがかけられたままのベッドが、ちらりと見えているのが妙に生々しい。

「こちらへ来なさい」

「はい」

ギクシャクとソファの方へ歩みを進め、オードブルの皿をワゴンからガラステーブルへ移す。

同じように、ブランデーのボトルやグラスを並べていく。その時になって、グラスが三つ用意されていることに初めて気がついた。

でも、玖木は何も言ってくれなかった。漣が怖じ気づくといけないとでも思ったのだろうか。

恨《うら》めしく思う反面、予め聞かされたとしても、どうすることもできなかったという諦《あきら》めが広がっていく。

できるだけ男の方を見ないようにして、漣は絨毯に膝をついた。

「お飲みになりますか？」

「そうだな。もらおうか。汀も飲みなさい」

「ありがとうございます」

ホスト時代とさして変わらない会話をしていると、ほんの少しだけ気持ちが落ち着いた。

三つあるグラスのうち、客の男と漣が使えば、残りは一つである。ということは、客はあとひとりということだろうか。

漣が重厚感のあるクリスタルのボトルを手に取った、まさにその時——。

突然、漣がつい先ほど入ってきたばかりの扉が勢いよく開き、同時に艶《つや》やかに澄んだ声が響いた。

「笠原《かさはら》さん、僕はやっぱり失礼します」

その少し低いけれど響きのよい声を耳にした瞬間、漣の背筋を電流が走り抜けていった。

手にしていたボトルを、よくも取り落とさなかったものだと思う。跪《ひざまず》き、まるで祈りを捧げるかのように深く俯いたまま、漣は電池の切れた人形のように動きを止めた。

何があろうとも、忘れるはずのない声。聞き間違えることなど、絶対に有り得ない声。

いつだって、誰よりも会いたくて堪らなかった。

だが今となっては、世界中で一番顔を合わせたくない男……芦崎《あしざき》隆一の声。

でもどうして、隆一がこんなところにいるのだろう。

漣の知る隆一は、ベルフールのようなところへ出入りする男ではなかったはずだ。

「ぜひにというお誘いをいただきご一緒しましたが、まさかこういうパーティだったとは……」

苦みを含んだ口調が胸を抉《えぐ》り、指先が小刻みにふるえる。

身の置きどころもない切迫感が募り、身体の芯が冷え冷えと凍りついていく。

それなのに、なぜか頬はカーッと熱く火照《ほて》っていた。

隆一は、まだワゴンの陰になった漣の存在には気づいていないようだった。

「例の件は確かに承《うけたまわ》りました。万事、遺漏《いろう》のないよう取り計らいますのでご安心ください。では……」

さっと踵《きびす》を返しかけた隆一を、笠原の鷹揚《おうよう》な声が引き留めた。

「まあそう堅いことを言わず、こちらへきて座りたまえ。ちょうど、酒が届いたところだから」

宥めるような笠原の声に、衝撃のあまり半ば放心状態に陥《おちい》っていた漣の意識が現実に引き戻された。

すると、否応《いやおう》なく進退窮《きわ》まった状況を意識させられ、くらりと目眩《めまい》がしていた。

急激に体温が下がっていく。

「汀、彼にもブランデーを」

「……は…い……」

絞り出すように答え、漣は俯いたままギクシャクと隆一の方へ顔を動かした。

恐ろしくて恥ずかしくて、とても顔を向けられないと思うのに、でも強烈な磁力に引かれるように、どうしても見ずにはいられない。

まず目に映ったのは、エナメルのオペラパンプスだった。それから、ミッドナイトブルーの粋《いき》なディナージャケットに包まれた、見るからにしなやかそうな細身の身体。

ウイングカラーのシャンブレーシャツもボウタイも、深い夜空を写したような濃い青だった。

そして——。

記憶に焼きついている、どこにいても人目を惹《ひ》かずにはいられないだろう彫りの深い知的な顔。

真っ直ぐに通った高い鼻梁《びりょう》、適度に削《そ》げた頬から顎へかけての引き締まったライン。

最後に会った時よりも、隆一の風貌はいっそう端整な優美さを増したように見えた。

そんじょそこらのモデルや俳優など、足下にも及ばない華麗さを感じさせる男振りに、漣は思わず自分の置かれた状況も忘れ見惚《みと》れてしまった。

一方の隆一は、くっきりとした二重《ふたえ》の目を眇《すが》めるようにして漣を見据《みす》えていた。

強靭《きょうじん》な意志の力で、あからさまな動揺を面《おもて》に出すのは抑《おさ》えているようだが、男らしい眉《まゆ》は顰《ひそ》められ、厚みのあるセクシーな唇が微かにふるえている。

「……………どういうことだ」

ややあって、隆一の唇から嘆《なげ》くような低い呟きが洩《も》れた瞬間、漣の耳の底で、遠い日の夜に聞いた飛行機のエンジン音が響いていた。

母親を亡くした漣が引き取られた間宮の家と隆一の家は、小さな町工場が軒《のき》を連《つら》ねる同じ町内にあった。父親同士が親友だったこともあり、両家は家族ぐるみのつき合いをしていた。

隆一の父要平《ようへい》も技術者で、芦崎精工という小さな会社を経営していた。

どちらかが仕事で困ったことがあると、いつもふたりは互いに知恵を出し合い助け合っていた。仕事を終えた後は、どちらからともなく誘い合わせ飲みに出かけることも多かった。

だから、間宮に引き取られてすぐ、漣も要平を通じて隆一に引き合わされた。

引き取られたのは伯母のところとはいえ、それまでほとんど訪ねたことのなかった家での暮らしに、漣はなかなか馴染めなかった。

優しくしてくれる妙子はともかく、漣を露骨《ろこつ》に厄介者《やっかいもの》扱いして邪険《じゃけん》に扱う徹雄は、ただただ怖いばかりで懐《なつ》くどころではなかった。

そもそも母子家庭で育ってきた漣には、『父親』という存在がよく分からないということもあった。

「お母さん、どこへ行っちゃったのかな。お家《うち》へ帰りたい……」

まだ幼くて、実母の死を理解できなかった漣は、母を恋しがり、よく家の前でひとりぽつんとしていた。唯一の頼りである妙子は、当時、会社の経理担当として働いていたため、一日中、漣の側にいるわけにはいかなかったのである。

寂しくて心細くて、何かというとベソばかりかいていた漣に声をかけてくれたのは、学校から帰ってきた隆一だった。

「漣ちゃん、何してるの？　僕と一緒に遊びに行く？」

おずおずと漣がうなずくと、ランドセルを背負った隆一はにこっと笑った。

「じゃ、公園へ行こうか。ブランコに乗せてあげるよ」

隆一が連れていってくれた公園で、一緒にブランコを思い切り漕《こ》いだ日、伯母夫婦のところへ引き取られてから初めて、漣は声をあげて笑いはしゃいだ。

そのうちに、漣は毎日のように、ひとりで隆一の家へ遊びに行くようになった。

家の前で待っていると、ランドセルを背負った隆一が小学校から帰ってくる。

仔犬《こいぬ》のように駆け寄ってくる漣と手を繋ぎ、隆一は自分の部屋へ連れていってくれた。

隆一もひとりっ子だったから、弟ができたようで嬉しかったのかもしれない。

おやつを分けてくれたり、絵本を出してきて読んでくれたり、何かと漣の面倒をよく見てくれた。

やがて、漣が小学校へ上がると、隆一は毎朝、迎えにきてくれるようになった。

隆一と一緒に歌を歌いながら登校するのが、漣は大好きだった。

漣の幸せな記憶の中には、常に隆一の姿があった。

ところが、漣が九歳になってすぐ、要平が亡くなってしまった。

会社の経営に行き詰まり不渡りを出した要平は、自ら命を絶ってしまったのである。

芦崎精工は倒産し、隆一は母の弥生《やよい》とともにどこかへ逃げるように転居していった。

取り残され、漣は本当に哀《かな》しかった。

まだ子供だった漣に、隆一の家の事情はよく理解できなかった。でも、隆一の身に大変なことが起きてしまったことだけはなんとなく分かった。

それなのに、自分はまだ子供だから、大好きな隆一のために何もしてあげられないのだと思うと悔《くや》しくてならなかった。

ちょうどその頃から、小さな町工場に過ぎなかった間宮精密加工は経営規模を拡大し始め、飛躍的な成長を遂《と》げつつあった。

そして、漣もまた徹雄が新たに建てた家へ引っ越すことになり、隆一との思い出が染みついた町から立ち去ることになったのだった。

それでも、漣は隆一のことを忘れたことはなかった。

せめて、もう一度隆一に会いたい。

そう思い続けていた漣の願いが叶《かな》ったのは、高校受験を翌年に控《ひか》えた夏の初めだった。

少し前から成績が伸び悩んでいた漣を心配して、妙子が家庭教師を頼んでくれたのである。

それが、慕《した》わしく懐かしい隆一だと知った時、漣は飛び上がるほど嬉しかった。

親しくしていた隆一母子《おやこ》のことを、妙子はずっと気にかけていたらしく、折に触れ、隆一の母弥生と連絡を取っていたらしい。

だから、隆一の成績がずば抜けて優秀で、高校も大学も学費免除の特待生として進学したことも、弥生から聞いて知っていたのだった。

久しぶりに漣の前に現れた隆一は、凛々《りり》しく爽《さわ》やかな大学生になっていた。

まるで憧《あこが》れのヒーローに再会したように、漣はぼうっとしてしまった。

隆一に慈しむような目で見られると、どうしてだか居たたまれないほど恥ずかしくてならなかった。頬が火照り、真っ直ぐに顔を上げられない。ドキドキと動悸がして、うなじがチリチリする。

幼かった頃と同じように「お兄ちゃん」と呼ぼうとしても、声が喉に詰まってしまって巧く言葉が出なかった。

そんな漣に大股で歩み寄ってくると、隆一は懐かしそうに目を細め、子供の頃のように大きな手で頭をぐりぐりと撫《な》でてくれた。

「漣、大きくなったなあ。会いたかったよ」

大人になった隆一の、声変わりして艶やかに澄んだ低い声を、漣は陶然《とうぜん》として聞いた。

あの瞬間、自分は恋に墜ちたのだと思う。

ふわふわと夢を見ているようで落ち着かなくて、でも譬《たと》えようもなく幸せだった。

隆一に勉強を見てもらうようになってから、漣の成績は目に見えて上がっていった。

分かりやすく丁寧な隆一の教え方のおかげが一番だったけれど、何よりも漣のやる気が以前とは較《くら》べものにならないほどアップしていた。

学費免除の特待生になれるほど優秀な隆一にはとても敵《かな》わないけれど、少しでも彼に近づきたい。

そうして、いつか隆一と肩を並べるのに相応《ふさわ》しい男になりたい。その一心で励んだ結果、進路指導の教師には難しいと言われていた、第一志望の難関校に合格することができた。

志望校に合格できたことはもちろんだが、隆一が自分のことのように喜んでくれたことが、漣は何よりも嬉しかった。

隆一は合格祝いに、腕時計をプレゼントしてくれた。

ふたりで一緒に腕時計を買いに行った日の弾《はず》むような喜びや晴れがましさは、今でも昨日のことのように鮮やかに思い出せる。

元々奥手だった漣は、中学を卒業しても第二次性徴《せいちょう》などどこかへ置き忘れてしまったかのような、ほっそりと中性的な少年の体格のままだった。

それでも、やはり心は着実に大人への成長を遂げていた。

高校受験というハードルを無事クリアし、プレッシャーから解放された漣の胸の中で、隆一への想いが急速に膨らみ始めていた。

高校生になってからも、漣は隆一に勉強を見てもらっていた。

中学の頃は、隆一が家庭教師に来てくれる日が、無邪気に嬉しく待ち遠しくてならなかった。

でも、高校に入学した頃から、だんだん隆一とふたりきりでいることに、息苦しさを感じるようになってしまった。

勉強を教えてもらいながら、そっと隆一の横顔を盗み見るだけで、心臓がドキドキして気もそぞろになってしまう。

傍《かたわ》らの隆一を意識するまいとすればするほど、逆に引きつけられるように捕らわれてしまう。

ついつい隆一の説明を上《うわ》の空で聞いていて、叱られてしまうことも少なくなかった。

慕る想いを、隆一には絶対に知られてはならないと思い詰めていた。

隆一が好きで好きで、諦めることなどできない。かといって、告白する勇気などあるはずもない。もしもバレたら、気持ち悪がられて軽蔑《けいべつ》されてしまうに違いなかった。そうなったら、もう家庭教師に来てもらうどころか、二度と隆一に会うことすらできなくなってしまう。

そんなことには、とても堪えられないだろう。

でも、この先、自分はいつまで隆一への想いを隠し通していけるだろうか。隠していることに、堪えていられるだろうか。

思いは千々《ちぢ》に乱れ、悶々《もんもん》と悩み続け、勉強になど集中できるわけがなかった。

おかげで、定期試験の結果はさんざんだった。

こんなことでは、一生懸命面倒を見てくれている隆一にも申しわけが立たない。

漣の表情は、次第に本来の伸びやかさを失い鬱々と晴れないものに変わっていった。

そんな漣の変化に、隆一が気がつかないはずがなかった。

漣が何か悩みを抱えているらしいと薄々察し、心配してくれていたようだった。

「日帰りでハイキングに行かないか」

夏休みに入ってすぐ、隆一は漣を山歩きに誘ってくれた。

隆一からの思いがけない誘いに、漣は心が弾むのを抑えきれなかった。

低気圧の影響で前日まで天気がぐずついていて気を揉《も》んだが、当日は夏空が広がる晴天だった。

母が用意してくれた弁当を持って、隆一とともに意気揚々《ようよう》と出かけた漣は、鬱蒼《うっそう》と木々が生い茂った山中へと続く山道を見て、思い切り嫌な予感に襲われた。

根っからのインドア派の漣にとって、ハイキングはピクニックの延長という、お気楽な遠足イメージしかなかった。でも、目の前にあるのはどう見ても立派な登山道である。

「山登りなんかしたことないけど、大丈夫かな」

いきなり腰が引けてしまった漣に、隆一は「初心者コースだから、大丈夫だよ」と笑った。

でも不安はしっかり的中し、歩き始めて十分も経たないうちに、漣の息はすっかり上がり足も重くなり始めていた。

隆一が初心者コースと言うだけあって、確かに道はよく整備されていた。

だが初心者向けとはとても思えないほど急坂で、おまけに前日降った雨のせいでところどころぬかるんでいて滑った。

少し歩いては立ち止まって休み、噴《ふ》き出す汗をタオルで拭《ぬぐ》って水を飲み、気を取り直してまた歩き出すの繰り返しだった。

「漣、あんまり休んでばかりいると、かえって疲れるぞ」

「だって、ハイキングって言ったじゃない。登山だなんて聞いてないよ」

「登山に行こうって言ったら、漣は尻込みしちゃうかもしれないと思ったんだ。それに、英語では、登山もトレッキングもすべてｈｉｋｉｎｇだからね。俺は嘘《うそ》は言ってない」

涼しい顔でさらりと言い返され、漣は恨めしげな膨れっ面《つら》をした。

息を切らしながら四十分ほど歩くと、今度は大きな岩がゴロゴロしている急な登りに差しかかった。

「ねえ、ほんとにここ登るの？」

思わず立ち止まり、漣はうんざりとして文句を言った。

「僕、もう歩けないよ」

「何言ってるんだよ。ほら、頑張れ。そこじゃなくて、こっちに足をかけた方がいい」

軟弱な漣に苦笑しながらも、隆一は岩に足を取られそうになった漣を誘導し手を差し伸べてくれた。

小さな子供の頃と違って、もう普段、隆一と手を繋ぐことなどできなくなってしまった。

でも山の中なら、照れ隠しにむくれた顔をしながらも、差し出された隆一の手を取ることができた。

隆一の手は温かくて、少し湿っていた。

小振りな漣の手を包み込むようにしっかりと握り、力強く引き上げてくれる。

心臓がドキドキして顔が真っ赤なのは、馴れない山歩きで息が切れているせいで、恋い慕っている隆一に手を握られたためなんかじゃない。

自分で自分に無駄な意地を張りながら、漣は来てよかったかもと、少しだけ思っていた。

自分の手持ちだけではとても足りず、隆一が持っていた水までもらって飲みながら、二時間ほどの予定を大幅に超えて、漣はようやくの思いで山頂にたどり着いた。

「うわー……！」

それほど標高の高い山ではなかったが、目の前に広がった眺望《ちょうぼう》に疲れも忘れ歓声をあげた。

汗ばんだ肌に、吹き抜ける風が涼しくて気持ちがいい。

両手を大きく広げて深呼吸する漣の隣で、隆一は「頑張った甲斐あっただろ」と、満足げに微笑《ほほえ》んでいた。

登りがきつかった行きと違って、帰りは下り坂だから楽だろうと思ったら大間違いだった。

山道で普段使わない筋肉を目いっぱい使った漣の足は、すでにパンパンに張っていて踏ん張りが利かない。膝もすっかり笑ってしまって、ガクガクだった。

それでも、頑張って歩かないことには帰れない。ギクシャクと、ロボットのようにぎこちない歩みを進めながら、漣は山頂で隆一と交わした会話を反芻《はんすう》していた。

「漣……。もしかしたら、何か悩みでもあるんじゃないか？」

隆一がさりげなく訊《き》いてきたのは、山頂で弁当を食べていた時だった。

「えっ？　どうして……？」

「この頃、冴《さ》えない顔してることが多いみたいだし。集中力も落ちてるだろ？」

「受験が終わって、気が抜けちゃっただけだよ」

動揺を悟られまいと咄嗟にそっぽを向き、漣はわざとらしいほど素っ気なく否定した。

「別に、悩みなんかないよ。まだ一年だしって思って、ちょっとのんびりしすぎちゃったけど。二学期からは、ちゃんと本気出すから大丈夫だよ」

「そうか？　それならいいが……。勉強以外のことでも、何かあったら、なんでも相談してくれていいんだぞ。親や学校の先生には言えないことでも、俺になら話せるだろ」

隆一は、漣の虚勢に気づいたのかもしれなかった。

それでも深く追及しようとはせず、親身な口調で優しく続けた。

「漣が誰にも言わないでくれって言うなら、絶対に口外しないから」

隆一が本当に心配してくれているのが分かるだけに、切なさと申しわけなさが綯《な》い交《ま》ぜになって胸を締めつけた。

妙子が作ってくれたお握りを手にしたまま、漣は俯きがちに小さくうなずいた。

鼻の奥がツンとして、うっかりすると涙が滲《にじ》んでしまいそうだった。

「親には言えないことでも……か……」

漣に合わせ、ゆっくり歩いてくれている傍らの隆一に聞こえないよう、漣は口の中でひそと呟いた。

もしも漣の悩みの根源が、実は自分なのだと知ったら、隆一はどんな顔をするだろう。

嫌悪を露《あら》わにするか、それとも軽蔑するか。

どちらにしろ、隆一はさぞ驚き、困惑するだろう。

それでもきっと、隆一のことだから、できるだけ漣を傷つけないよう言葉を選び、漣の気持ちには応《こた》えられないと、すまなそうに詫《わ》びてくれるのに違《ちが》いなかった。

でもそれは、冷たく拒絶されるよりもっと辛《つら》いと思う。

だからと言って、諦めきれない想いを抱えたまま、隆一を見つめ続けるのも苦しい。

いったい、いつの間に、自分はこんなにも隆一に焦がれてしまったのだろう。

隆一の横顔をちらりと見やり、漣はこっそりため息をついた。

真っ直ぐに通った高い鼻梁、適度に削げた頬から顎へかけての優美なライン。甘さと凜々しさのバランスが絶妙で、クラスの女子達が夢中になっているアイドルや俳優より何倍もカッコイイと思う。

もちろん、見た目だけでなく性格だっていい。思いやりがあって誠実だし、包容力もある。

そんな隆一だから、漣が知らないだけで、もしかしたらもう似合いの彼女がいたとしても不思議はなかった。前に一度、好きな人はいないのか、と冗談めかして訊いたら、隆一は照れたような薄い笑みを浮かべただけで答えなかった。

やっぱり、彼女、いるのかな……。考えただけで胸が塞《ふさ》がり、哀しくなってしまう。

隆一の微笑みも優しさも、見知らぬ誰かのものなのだなんて絶対に嫌《いや》だ。

駄々《だだ》っ子のような御《ぎょ》しがたい感情が、胸の奥から突き上げてくる。

本当なら、大好きな人の幸せを喜ぶべきだと分かっている。でも、頭では分かっていても、どうしても心がついていかない。

隆一が、自分の知らない誰かと寄り添い笑み交わすのを想像しただけで、心臓がキリキリ痛む。

どうすればいいんだ——。

答えなど出しようのない堂々巡りに捕らわれていた漣は、足下への注意が疎《おろそ》かになっていた。

転がっていた小さな石に足を取られ、わずかにバランスを崩した。普段なら難なくやり過ごせる程度だったが、初めての山歩きで疲れ切った足では踏みとどまれなかった。

あっと思った時は遅く、漣は無様《ぶざま》に転んでしまった。

「大丈夫か？」

驚いて振り返った隆一に、漣は恥ずかしさで真っ赤になりながらうなずいた。

急いで立ち上がろうとした途端、足首がズキリと痛み、漣は顔を歪《ゆが》めてうずくまっていた。

「どうした？　足、挫《くじ》いたのか？」

「平気……。大丈夫だから……」

強がり、どうにか立ち上がったものの、足首がズキズキ痛んでとても歩けない。

ほかのハイカーの邪魔にならないよう、漣を登山道の脇の岩陰に座らせると、隆一は靴《くつ》や靴下を脱がせ様子を見てくれた。

形のよい隆一の指が、素足に触れている。そんな場合ではないと自分を戒《いまし》めても、体温がカッと上がって落ち着かない気分になってしまう。

「ほっそい足だな」

漣の気持ちなど知らない隆一が、からかい口調で言った。

「大きなお世話だよ」

痛みに顔をしかめているくせに、漣もわざとふて腐れたように答えた。

隆一はバックパックから救急セットを取り出すと、テーピングテープで漣の足首を固定してくれた。

「これで少しは楽になるはずだ。帰ったら、すぐ医者へ行こう」

「ありがとう」

神妙な顔で礼を言い、漣は靴を履《は》き直した。それから、傍らの岩に手を突きながら、恐る恐る立ち上がった。

「どうだ」

「うん、楽になった」

「歩けそうか」

「大丈夫……」

テーピングテープで固定したおかげで痛みは和《やわ》らいだものの、力が入らずこわごわ踏み出すことしかできない。それでも虚勢を張って、漣は片足を引きずりながら歩き出した。

だが、歩くスピードは格段に落ち、足取りも前にも増して危なっかしい。

そんな漣をハラハラと見守りながら、隆一はいつでも手を貸せるように隣を歩いてくれていたが、漣が再び躓いて大きくバランスを崩したのを見て、背負っていたバックパックを前へ抱え直した。

「漣、やっぱりその足じゃ無理だ。俺におぶされ」

「……えっ、ダメだよ、そんなの……」

「ダメなのは、漣の足だろ」

「大丈夫。もうそんなに痛くないから、ゆっくりなら歩ける」

足首は熱を持って痛み、我慢も限界に近づきつつあったが、漣は意地を張って歩き出そうとした。

でも、すぐにまた転びそうになったところを、隆一が慌てて腕を摑んで支えてくれた。

「危ない……。山道を甘く見るんじゃない」

「……隆一さん……」

隆一に摑まれた腕が、ジンジンと痺《しび》れるように熱い。

「放して」

隆一の手を振り解《ほど》き、漣は隆一から離れるように後ずさろうとしてバランスを崩し尻餅《しりもち》をついた。

「ほらみろ。遠慮しないで俺におぶされ」

「ダメだよ……」

隆一から顔を背《そむ》け、漣は座り込んだまま弱々しく呟いた。

手を繋いだだけでドキドキして、身体が熱くなってしまうのに、背負われて隆一の体温を直《じか》に感じたら、とても平静でいられる自信がなかった。

きっと、身体は浅ましく変化してしまい、隆一にすべてを気づかれてしまうに違いない。

そんなことになったら、何もかもおしまいだ。

「ダメだよ、絶対……」

立てた膝に顔を埋め、漣は子供のようにかぶりを振った。

「いつまでそうやって座り込んでるつもりだ。日が暮れるぞ」

隆一には、漣が駄々っ子のように意地を張っているとしか思えないのだろう。

腕組みをして、不機嫌そうに漣を見下ろしている。

困りきっているだろう隆一の顔を見る勇気もなく、あまりの情けなさに涙が滲んだ。

「先に帰っていいよ。僕、ここで少し休んでからひとりでゆっくり下りるから」

「何をバカなこと言ってるんだ。そんなこと、できるはずないじゃないか」

俯いた漣の頭の上で、隆一の深いため息が響いた。

「ごめんなさい……」

「漣、どうしたんだよ」

いつまでも動こうとしない漣の隣に腰を下ろすと、隆一は宥めるように顔を覗《のぞ》き込んできた。

「俺に背負われて下りたって、なんにも恥ずかしいことないんだぞ。漣が知られたくないなら、誰にも言わないよ。それならいいだろう」

噛んで含めるように言い聞かされ、漣はますます追い詰められてしまった。

「……そうじゃなくて……」

なんとか巧い言いわけを考えようとしたが、何も思い浮かばない。

「言いたいことがあるなら、遠慮しないでなんでも言っていいんだぞ」

隆一に肩を抱き込まれ、漣はビクリと身をふるわせた。

慌てて、尻でずるようにして、少しでも隆一から離れようとする。

なんだか、自分が逃げ道を失くしたネズミになった気がした。

できることなら、今すぐ消えてなくなってしまいたい。

「漣、どうしたんだよ……」

ああ、もうダメだ、隠しきれないと漣は覚悟を決めた。

こうなったら、もう仕方がない。きっと、今日ここで、こうなる運命だったんだ。

「……だって……」

無様にふるえた涙声に唇を強く噛み、泣くな、と漣は必死に自分を叱咤《しった》した。

こんなところで泣いたりしたら、隆一に迷惑がかかってしまう。

だから、まだ泣くわけにはいかない。泣くのは、家へ帰って部屋でひとりになってからだ。

「……きっと……気持ち…悪いと思うから……」

「どうして？　気持ち悪いなんて思うはずないだろう？」

込み上げる嗚咽《おえつ》を堪え、漣は深い息をついた。

「……ぼ……く……隆一さんが……、す、好き…なんだ……。だから……」

ハッと、隆一が息を呑《の》んだ気配がした。

伏せていた顔を上げ、漣は懸命に笑みを浮かべてみせた。

「ごめん。男なのに気持ち悪いよね。家庭教師、やめていいよ……」

堪えきれず、ついに涙がぽろりとこぼれてしまった。

泣き顔を見られたくなくて、漣は隆一から顔を背け肩をふるわせた。

ややあって、落ち着いた低い声が聞こえた。

「謝るのは俺の方だ」

「…えっ……？」

そっと窺うように顔を向けると、隆一は漣をじっと見つめすまなそうに淡く微笑んだ。

「俺がだらしないせいで、漣を苦しめちゃったな」

漣の頬に残る涙を指先で拭うと、隆一は漣の頭を胸に抱え込んだ。

反射的に抗《あらが》おうとするのを押さえ込み、髪に唇を押し当てるようにして低く囁く。

「好きだよ、漣。中学生になった漣に再会した時から、ずっと……。今まで黙っててごめんな」

驚きのあまり息が止まりそうで、漣は身じろぎすることもできなかった。

もしかして、ショックで耳がおかしくなったのだろうか。それとも、夢を見ているのだろうか。

「……うそ……」

思わず洩れた呟きに、隆一の苦笑が被さった。

「嘘なもんか。バレたら漣に嫌われると思って、ずっと隠してたんだ」

「ほん…とに……？」

漣の頭を胸に抱いたまま、隆一は「ほんとだよ」と優しく答えた。

「俺が、もっと早くに男らしく打ち明ければよかった。そうすれば、漣をこんなに苦しめなくてすんだのに。ごめんな」

幼子をあやすように漣の身体をゆっくり揺らしながら、隆一は心底悔《く》いるように言った。

「俺はこんな情けないヤツだけど、まだ好きって言ってくれるか」

隆一の腕の中で、漣は即座にこくりとうなずいた。

「ありがとう、漣。すごく嬉しいよ」

隆一の胸の温《ぬく》もりが、じわじわと身体の奥まで沁《し》みていく。

あまりに思いがけない展開だったせいか、想いが通じた喜びよりほっとした気分の方が勝《まさ》っていた。

隆一を失わずにすんだ安堵感《あんどかん》で力が抜けてしまった漣の目を、隆一が真っ直ぐに見つめた。

「愛してるよ、漣……」

目を見開いたまま陶然とした漣の頬に、隆一が優しく唇を押しつけた。

「夢みたいだ」

うっとりと呟いた唇に、隆一の唇が静かに重なってきた。

憧れていた隆一とのファーストキスは、とろりと滴《したた》るような甘さで漣の心を蕩《とろ》かせた。


「笠原さん」

漣を睨《にら》むように見据えていた視線を不意に逸《そ》らすと、隆一は笠原の方を向き直った。

「気に入ったかね。君のために呼んでおいた。今日、店出しの新人だそうだ。もっとも、系列のホストクラブにいたそうだから、バージンというわけではなさそうだが」

多分、玖木から聞いたのだろう。頼みもしないのに、笠原は漣のプロフィールを暴露《ばくろ》してくれた。

鳩尾《みぞおち》がぎゅっと引き絞られたように硬くなって、漣は力なく目を伏せた。

「ホストクラブ……？」

呟いた隆一の、眉間《みけん》のしわが咎《とが》めるように深まった。

「こういうところでは、馴れている子の方が楽しめるよ。擦れっからしでは困るが、初めてだと泣かれたりしても興ざめだからね。それとも君は、バージンでないと嫌だったかな」

ゆったりと座った笠原の足下で、漣は身じろぎもできずうずくまっていた。

今すぐここから走って逃げ出したいのに、釘で床に打ちつけられたかのように手も足も動かせない。

相反する懊悩《おうのう》に、頭からスーッと血の気が下がっていく。

「お願いがあります」と、隆一が静かな声で言った。

「すみませんが、彼とふたりにしていただけませんか」

ドクンと心臓が鳴り、漣は唇を嚙み締めた。

何か言わなくてはと思ってから、こんな状況で何を言うのだと心密かに自嘲《じちょう》した。

今ここで、漣の処遇を決められるのは笠原だけで、自分には発言権すらないのだ。

惨《みじ》めで哀しくて、ますます気持ちが沈み込んでいく。

「もちろん、構わないよ」と笠原は鷹揚に言った。

「これは君のために呼んでおいたと言っただろう。今夜はここで、たっぷりと楽しむといい」

つい先ほどまで、非難がましい顔で帰ると言っていた隆一が、漣を見た途端に態度を変えたことで、笠原は溜飲《りゅういん》を下げたらしい。

少なくとも、隆一と漣がわけありの知り合いであるとは、気づいていないようだった。

笠原は、おもむろにテーブルの上のインターフォンに手を伸ばした。

無骨《ぶこつ》な指がスイッチを押すと、打てば響くように『はい』と声が返ってくる。

「拓海《たくみ》は待たせてあるかな」

『そちらへ伺《うかが》わせますか？』

「いや、外へ行くことにする。わたしの車に乗って待つよう言ってくれ」

『畏《かしこ》まりました』

インターフォンが切れると、笠原は悠然と立ち上がった。

どうやら、笠原には馴染みの男娼がいるらしかった。最初から、漣は隆一にあてがって、自分は馴染みの男娼とどこかホテルへでも行くつもりだったらしい。

「汀。彼はわたしの大切なビジネスパートナーだ。よろしく頼むよ」

「……はい。畏まりました」

喉奥から絞り出すように答えた漣の肩をポンと叩《たた》いて、笠原は部屋を出て行った。

こんないかがわしい場所で、一番会ってはならない人物と遭遇《そうぐう》してしまったあげく、ふたりきりになってしまった。これ以上はないほど最低最悪の事態に追い込まれたというのに、不思議なことに心は妙に鎮まりつつあった。

開き直りとは違う、かといって諦めでも絶望でもない。強《し》いて言えば、砂漠の真ん中でたったひとり、満天の星空をじっと見上げているような気分だった。

これは偶然でもなんでもなく、必然だったのだ、と漣は痺れたような頭の片隅で思った。

世の中に、都合のいい偶然などないことは、子供の頃から身に沁みていた。

家の前でランドセルを背負った隆一が、幼い漣に声をかけてくれたあの日から、今この瞬間に至るまで、すべては一筋の糸で綴《つづ》り合わされたように繋がっていたのだ。

切れていたスイッチが入った人形のように身を起こし、漣はゆっくりと立ち上がった。

「隆一さん、久しぶり……」

「馴れ馴れしく呼ぶな」

切り捨てるように返され、漣はひくりと肩を窄《すぼ》ませた。

「ごめんなさい。……いつ…日本へ帰ってきたの……？」

大学卒業を機に、隆一は奨学金を得てアメリカへ留学した。

どうしても、アメリカで勉強をしたい。二年経ったら必ず帰ってくるから、それまで待っていて欲しい、と隆一は漣に懇願した。

二年も離ればなれになるのは心細くて嫌だったが、隆一の将来のためだと思って承知した。

隆一がアメリカへ行ってしまってからも、メールやスカイプで頻繁《ひんぱん》に連絡を取っていた。

スカイプなら互いの顔を見て話ができたし、メールで写真を送り合ったりもして、ふたりは遠距離恋愛の寂しさを埋めようとした。

隆一が帰国する頃には、漣は大学生になっているはずだった。

大学へ入ったら、ひとり暮らしをしたいと漣は考えていた。

一緒に暮らすのは無理でも、漣が実家を出て部屋を借りれば、隆一とも会いやすくなるはずだった。

だが、漣が思い描いていた夢は、父の会社の経営難という思いがけない事態で呆気《あっけ》なく頓挫《とんざ》した。

遠距離恋愛といえど、大学を中退してホストになったことを、隆一に隠し通せる自信はなかった。

だから、漣にとってホストになる決心をするということは、同時に隆一との別れを意味していた。

隆一のことだから、漣の苦境を知ったら、留学を中断してすぐに帰国すると言い出しかねない。

そんなことになったら、せっかく隆一が摑んだチャンスをフイにさせてしまうばかりか、隆一の将来にまで影響を与えてしまうことになる。

それだけは、何があっても絶対に避けたかった。別れなければならない本当の理由を、隆一に知られるわけにはいかなかった。

パソコンの前でさんざん逡巡《しゅんじゅん》したあげく、ついに意を決して短いメールを送りつけ、漣は隆一に別れを告げた。

『好きな人ができたから、もう連絡はしない』

隆一がいたニューヨークと日本とでは、十三時間の時差がある。

当時、漣が夜の間に送ったメールを、朝起きてすぐにチェックするのが、隆一の毎朝の習慣だった。いつものように、起き抜けにパソコンを立ち上げた隆一が、漣からの一方的なメールを見てどれほど驚いたかは想像に難《かた》くない。

『……どういうことだ！』

深夜遅くかかってきた電話の向こうで、怒りを押し殺した隆一の声は微かにふるえているようにも聞こえた。

『遠距離って、やっぱり僕には無理だったみたい』

ともすれば涙声になりそうなのを必死に堪え、漣はわざとらしいほど淡々と言った。

言いながら、予めスカイプをブロックしておいてよかったと胸を撫で下ろした。

隆一の声を聞いただけで泣きそうなのに、顔を見てしまったら嘘をつき通すことなど不可能だった。

『好きな人ができたというのは、本当なのか』

『ほんとだよ。すごいお金持ちで、僕の言うこと、なんでも聞いてくれるんだ。贅沢できるって、やっぱりいいよね』

『…贅沢って……。本気で言ってるのか？』

『もちろんだよ。欲しいものは、なんでも買ってくれるんだよ。今度、免許取ったら、車も買ってもらう約束なんだ』

『……親は知ってるのか……』

『内緒《ないしょ》に決まってるじゃない。隆一さん、告げ口したらダメだよ』

強いて露悪的《ろあくてき》に、漣はしれっと言ってのけた。

でも、心臓が刺されたようにキリキリ痛んで息が詰まる。

どんなに辛くても、隆一のために、今ここで後腐《あとくさ》れなくきっぱり縁を切らなければならない。そのためなら、自分が悪役になることなどなんでもなかった。

そう覚悟を決めたはずなのに、ともすれば隆一に泣いて取り縋りたい本音が、嗚咽となって喉元まで突き上げてくる。

携帯電話を耳に当てたまま、漣は空いている方の拳《こぶし》を爪が食い込むほどきつく握り締めた。

泣くな！　と、必死に自身を叱咤して、漣は大きく息を吸った。

『だから、ごめんね。隆一さんも、そっちでいい人探して。元気でね』

最後の気力を振り絞ってあっけらかんと言うなり、漣は電話を切り電源も落とした。

夜の闇に沈んだ暗い窓ガラスに、自分の青ざめて引き攣《つ》った顔が映っていた。

その頬を、滂沱《ぼうだ》の涙が流れ落ちていく。

携帯電話を片手に握り締めたまま、漣は声を殺していつまでも泣き続けた——。

「なんでも言うことを聞いてくれる、金持ちの恋人はどうしたんだ」

全身から冷たい怒りを発している隆一の前に、漣は叱られた子供のように俯きがちに立っていた。

「……えっ……？」

隆一の方を上目遣《うわめづか》いに窺ってから、ああそうだっけ、と胸の裡で呟いた。

金持ちの恋人ができたから、遠距離恋愛なんてかったるいことはしていられないと言って、一方的に別れたんだっけ——。

「とっくに別れちゃった」

隆一から顔を背けるようにして、漣は小さな声で言った。

この期《ご》に及んで殊勝《しゅしょう》を気取るつもりはなかったが、嘘をついていたのがバレてしまうのは怖かった。

隆一に迷惑はかけられないと思って、生木を引き裂かれる苦しみに堪えて別れたのに、今ここで嘘がばれてしまったらすべてが水の泡《あわ》になってしまう。

何しろ今の漣は、あの時よりもさらに多額の借金を背負ってしまっているのだ。

「ホストクラブで働いていたというのは、本当なのか」

「本当だよ。エル・ド・ランジュって、セレブのお客さんばっかりの高級クラブなんだ」

「大学はどうしたんだ」

「やめちゃった」

「それで、今度はこんなところで身体を売ってるのか」

「こっちの方が稼げるって、支配人が声をかけてくれたんだ。金離れのいいパトロンを捕まえたいなら、こっちへ移った方がいいって。それで、移ってきた」

「親は知ってるのか？」

漣は首を振った。

「お前、変わったな」

冷たく突き放すように言われた瞬間、漣はホッとしてあるかないかの薄い笑みを浮かべた。身体の内側が、冷たく凍りついていくのが分かる。

同時に感情もその氷の中に閉じこめられて、痛みも哀しみも何も感じなくなっていた。

「隆一さんだって。まさか、こんなところで会うとは思わなかったから、ほんとに驚いちゃった」

さも嫌そうに、隆一は男らしい眉を寄せた。

「どうする？　ここでする？　それとも、笠原さんみたいに外へ行く？　僕はどっちで………」

言い終わらないうちに、頬が乾いた音を立てた。

目眩でもしたように足下が揺らぎ、頬に熱い痛みが広がった。

頬に軽く手を当て、漣はぼんやりと隆一を見た。

誰かに平手打ちされたことなど、これまでに一度もなかった。

漣を邪険にして顔を見れば厭味を言い続けた父親でさえ、直接手を上げることはなかった。

漣を打った痛みが残るらしい掌《てのひら》を、隆一は何度か握ったり開いたりしていたが、そのまま何も言わずに踵を返すと大股で部屋を出て行った。

取り残され、ひとりになった漣は、初めて室内に音楽が流されていたことに気づいた。

高く澄んだアリアが耳に流れ込んできた途端、堰《せき》を切ったように涙が溢れこぼれ落ちていた。

堪えようもなく嗚咽が洩れ、漣はひとり立ち尽くしたまま両手で顔を覆った。

初めての客が隆一だったら、どんなによかっただろう。

今日ここで隆一に抱いてもらえたなら、これから先、どんな客に買われることになっても、それをよすがに堪えられたかもしれなかったのに——。

千載一遇《せんざいいちぐう》のチャンスは失われてしまった……。今度こそ、もう二度と隆一には会えないだろう。

澄み渡る天空へ捧げる祈りのような、哀感を帯びたソプラノに身を委《ゆだ》ね、漣は肩をふるわせてひとり泣き続けた。


「…隆一さん……。待って！　隆一さん！」

自分が叫んだ声で、漣はハッと目を覚ました。

ドキドキと、身体が揺れているのではと思うような激しい動悸がしている。

消えてしまった幻を追い求めるように、漣は惘然《ぼうぜん》と目を見開き天井を見つめた。

眠っている間に流した涙で、枕はぐっしょりと濡れている。

「……夢か……」

動悸が治まる頃になって、ようやくぽつりと呟きが洩れた。

せっかく隆一が出てくる夢だったのに、楽しい夢ではなかった。

「そりゃ、そうだよな」

自嘲の笑みを浮かべ、寝返りを打とうとした途端、漣は全身を走る筋肉痛に呻《うめ》いた。腹筋《ふっきん》も背筋《はいきん》もギシギシと軋《きし》み、腕は鉛《なまり》の重りでもついているかのように重怠《おもだる》い。腿《もも》から脹《ふく》ら脛《はぎ》にかけての筋肉も、まるでマラソンを走った後のようにパンパンに張っていた。

息を詰め、身体を庇うようにそろそろとベッドの上で起き上がった漣は、自分が素っ裸で寝ていたことに気づきぎょっと固まった。

そういえば、昨夜《ゆうべ》、仕事を終えてから、ここへ帰ってくるまでの記憶がない——。

「何時なんだろ……」

枕元に置いた時計に目をやると、時計の針はもうすぐ午後三時を指そうとしていた。

額《ひたい》に手を当て、漣は沁み入るような深いため息をついた。

ベルフールで働くことになった漣が住んでいるのは、六畳ほどの広さのワンルームで、ベルフールの男娼専用の従業員寮とでも言うべき建物だった。

玄関を入ってすぐ右側がバスルーム、向かい側に申しわけ程度のキッチンがある。窓際にシングルベッドが据えられ、あとは壁に向かって置かれた小さなテーブルと椅子《いす》が一脚あるだけの部屋だった。

窓の外からは雨の音が聞こえ、中途半端《ちゅうとはんぱ》に閉められた厚いカーテンの隙間から見える景色は垂れ込めた雲のせいで灰色に沈んでいる。

都心に近いのに、歴史ある大きな寺社が多いために緑が濃く、歩いていると自然に粛然《しゅくぜん》とした気持ちに包まれるような街。

ある意味、もっとも似つかわしくないエリアの一画に、高級娼館ベルフールはあった。

元々は、この辺り一帯を所有していた寺の広大な敷地の一部を、ティユールのオーナーが買い取り、そこに英国式庭園と直線的で重厚なジャコビアン様式の豪奢な洋館ベルフールを、表向き会員制高級オーベルジュとして建設した。

その広い敷地の奥まった片隅に、漣が住むことになったワンルームマンションはひっそりと建っていた。どこにでもありそうな目立たない三階建てのマンションだが、入り口にはオートロックがあり、管理人も常駐している。

ベルフールの敷地内にあるので、出入りするには必然的にベルフールの会員同様のチェックを受けなければならない。誰であれ、砦《とりで》を囲む城壁《じょうへき》のような大きな門を潜るには指紋認証が、さらに館内へ足を踏み入れるには光彩認証が必要とされているのである。

そのため、セキュリティはどこよりもしっかりしている、と言えば聞こえがいいが、要するに出入りを厳しく管理されている籠《かご》の鳥も同然ということだった。

ただし、ベルフールで働く男娼のすべてが、ここに住んでいるわけではなかった。

『ウチで働いている男娼が全員借金を抱えてるわけじゃない。職業として、男娼を選んでいる者の方が多いと言っていい。そういう連中は、好きなところに部屋を借りて住んでいる。自分の稼ぎで高級マンションを買った者もいるし、中には実家から通っているという図太いのもいるくらいだ。お前も頑張ってしっかり稼ぐんだな。借金の清算さえすめば、優雅な暮らしをすることだって夢じゃない』

初めてベルフールへ連れてこられた時、玖木に言われた言葉である。

借金の清算がすんだら、当然のこととしてベルフールもすぐに辞めるつもりの漣には、職業として男娼を選ぶなんて考えられないことだった。

一日も早く、ここを出て普通の生活に戻りたい。それが、今の漣の唯一最大の望みである。

でも、そのためには、どんな客の要望にも素直に応じて働き続けるしかなかった。

息をするだけでも辛い筋肉痛に顔をしかめながら、漣はそろそろとベッドから出た。

椅子にまとめて置いてあった服の中からシャツを取って羽織《はお》り、玄関脇のバスルームへ行った。

バスタブの横に張り出した洗面台の前に立つと、壁の鏡に目の下にクマができた情けない顔が映っていた。自分で自分に活を入れるように水で顔を洗ってから、湯栓《ゆせん》を開けバスタブに湯を張り始める。

それから、キッチンでコップに水を汲《く》み飲んだ。

昨夜から何も食べていないのに、疲れすぎているせいなのか、空腹はさして感じなかった。

それに、シンクの横の小さな冷蔵庫が空っぽなのは、開けて見るまでもなく分かっていた。

バスタブに張ったぬるめの湯で、強張った筋肉を解《ほぐ》すようにゆっくりと時間をかけて入浴した。

数時間後には、ベルフールへ出勤しなければならない。

全身筋肉痛だから今日は仕事を休みたい、などと言える立場ではなかったし言いたくもなかった。

アルカンジュのパーティで、思いがけず隆一と遭遇してしまったことがよほどショックだったのか、それとも初めて男娼として客の前に出るという極度の緊張に堪えかねたのか、あの後、漣は発熱して二日ほど寝込んでしまった。

玖木からは特に叱責は受けなかったが、軟弱なヤツだと内心苦々しく思っているのに違いない。

これ以上、精神的に虚弱だという烙印《らくいん》を押されるのは、漣のプライドが許さなかった。

決心して自らの意思で男娼になったからには負けずに生きていくしかない。

そう覚悟を決めているにも拘《かか》わらず、早くも挫けそうな自分が情けなくて惨めだった。

寝込んでいた漣に、玖木から電話が入ったのは、パーティから三日目の昼過ぎだった。

熱は下がったのかとも訊かず、今夜は指名予約が入っている、と玖木は事務的に告げた。

つまり、何があっても今日は出てこいということだ、と理解し、漣は分かりましたとだけ答えた。

アルカンジュで漣を見初《みそ》め、すぐに指名予約を入れてくれた鷺沼《さぎぬま》という客は、ベルフールのサロンではなく宿泊用のスイートルームで漣を待っていた。

漣がスイートルームへ出向くと、迎えてくれたのは五十代後半、もしかしたら六十に手が届いているかもしれないと思う渋い紳士だった。

面長《おもなが》で少々えらが張り、光沢があるが硬そうな髪をオールバックに撫でつけている。何かスポーツでもやっているのか、鷺沼は浅黒く日焼けしていた。均整の取れた長身は引き締まった筋肉質で、見るからに仕立てのよさそうなディナージャケットがよく似合っていた。

「お待たせ…して……すみません」

いよいよこの男に身を任せるのだと思うと、緊張で舌が巧く回らない。

「わたしも、ちょうど今来たばかりだよ」

強張った表情で頭を下げた漣に、鷺沼は静かな笑みを浮かべた。

その笑みに、漣がほんの少しホッとしたところへインターフォンが鳴り、ボーイがカートに大きなスーツケースを三つも載せて運んできた。

「お荷物をお届けに参りました」

恭《うやうや》しく挨拶《あいさつ》すると、ボーイはスーツケースをカートから下ろし退出していった。

玖木から連泊の話は聞いていなかったが……。

それにしても、男娼とセックスをするだけにしては荷物が多すぎるような気がする。

ベルフールはSMクラブではないので、男娼の身体に傷をつけるような行為は禁じられていた。

逆に言えば、傷さえつけなければ、何をしてもいいということである。

あのスーツケースには、いったい何が入っているのだろう。

内心不安に思っていた漣に、鷺沼はシャワーを浴びてくるよう命じた。

「シャワーを浴びたら、バスローブだけ着て戻ってくるんだよ」

穏《おだ》やかだが、鷺沼の口調は人に命令し馴れている者特有の有無《うむ》を言わせぬ響きを持っていた。

言われたとおりにシャワーを浴びた漣が寝室へ戻ってくると、鷺沼はスーツケースを三つとも開け、中味を取り出して待っていた。

ソファに広げられているのが、豪華なウエディングドレスだと気づき、びっくりしてしまった。

驚きに目を丸くした漣を、鷺沼は微笑みながら手招いた。

「こちらへ来なさい。君のために用意したんだ。きっとよく似合う」

「…えっ……。あ……、あの……、僕が着るんですか……?」

「素晴らしいだろう。フランス製のウエディングドレスだよ。本当なら、オーダーメイドで作りたかったが、今回は時間がなかったから既製品で我慢しなさい。サイズは玖木から聞いて、ちゃんと合うように直しておいたから大丈夫だ」

「……あ、ありがとう…ございます……」

辛うじて引き攣ったような笑みを取り繕い、漣はそう言った。本当は戸惑うばかりで、嬉しくもなんともなかったが、ほかに言いようがなかった。

「さあ、バスローブを脱いで、裸を見せるんだ」

「…はい……」

初めて客の前に裸体を晒《さら》すと思うと、心臓がきゅっと縮んだ。でも、逆らうことはできない。

覚悟を決め、漣は従順にバスローブを脱ぎ捨てた。

素肌に外気が触れて、背筋がゾクリとふるえる。

全裸で立たせた漣の前で、鷺沼は「いいね」と言った。

「思ったとおり、きれいな身体をしている。肌も滑《なめ》らかだ」

感触を確かめるように、掌で肩や二の腕に触れながら、鷺沼は満足そうに微笑んだ。

それから、いきなり漣の股間に手を伸ばしてきた。

反射的に腰を引いてしまった漣から手を離すと、鷺沼はポケットから何か取り出した。

「立ったままでいいから、足を開いて」

「な、何をする…ん…ですか……」

「貞操帯《ていそうたい》だよ。君が感じすぎて粗相をしないようにね。花嫁は慎《つつ》ましやかでないといけない」

あまりにも予想外の展開に、気持ちがついていけない。

困惑《こんわく》と羞恥《しゅうち》と嫌悪が綯い交ぜになって、漣の中で渦巻《うずま》いていた。

力を失い萎縮《いしゅく》してしまった漣のペニスを無造作に掴むと、鷺沼は馴れた手つきでプラスチック製のペニスケースへと容赦《ようしゃ》なく押し込んだ。

カチリと貞操帯の鍵がかけられる音を、漣は惘然として聞いた。

「これでよし。次はこれを穿《は》くんだよ」

鷺沼が取り出したのは、女物のガーターベルトとパンティ、そして白いストッキングだった。

「…あ、あの……」

「つけ方が分からなければ教えてあげよう」

戸惑うばかりの漣の世話を甲斐甲斐しく焼いて、鷺沼は自ら漣の足にストッキングを穿かせるとガーターベルトをつけさせた。

そして、白いレースの小さな布切れとしか思えないパンティの中に、貞操帯をつけた漣の性器が押し込まれる。女物のパンティの前が、ひどく窮屈《きゅうくつ》そうに膨らんでいる様子はいかにも醜悪《しゅうあく》で、漣は思わず目を背けた。

次に鷺沼が取り出したのは、柳腰《やなぎごし》を作るコルセットだった。

元々ほっそりしている漣の腰をさらに細くするため、背後に回った鷺沼がこれでもかというほど強く締め上げる。

「……うっ……、く、苦しい……です……」

堪えかねた漣の訴えが聞こえているはずなのに、鷺沼にきれいに無視された。我慢しなければいけないのだ、と悟って、漣はきつく唇を噛んだ。

平らな胸に詰め物をしたブラジャーで乳房が作られ、スカートを膨らませるためのパニエを穿かされる。もうすでに、漣は鎧《よろい》を着せられたように苦しくて、身体の自由が利かなくなっていた。

この上に、さらにウエディングドレスを着るのだと思うと、目の前が暗くなる思いがする。

鷺沼が漣のために用意したウエディングドレスは、お伽噺《とぎばなし》のお姫様が着るような、プリンセスラインの可憐《かれん》なデザインだった。

スカートは光沢のあるサテンの上に豪華なチュールレースがふんだんに重ねられ、腰にはトレーンを引かない代わりにオーガンジーの大きなリボンがふわりと結ばれている。

上身頃はレースでできていて、衿は花嫁に相応しく首まで覆うスタンドカラーだった。膨らんだ袖や胸元には、煌めくクリスタルビーズが贅沢に散りばめられている。

ドレスの着付けがすむと、次は化粧だった。

化粧台の前に座らせた漣に、鷺沼はウイッグをつけさせた。

無骨そうに見える鷺沼の手が、思いがけないほどの細《こま》やかな器用さで漣の髪を整え化粧を施《ほどこ》していく。その様子を、漣は鏡越しに啞然《あぜん》として見ていた。

口紅を引いて結《ゆ》い上げた髪にティアラを飾り、白いレースの手袋をさせる。

最後に、サテンのリボンのついた可愛《かわい》いハイヒールを履かされると、完璧な花嫁人形が完成した。

「思ったとおりだ。すばらしくきれいだよ」

鷺沼は、装った漣を違った角度から様々に見て、興奮を抑えきれないような口調で言った。

でも漣は、ウエストを締め上げるコルセットのせいで息をするのも苦しくてならなかった。

今着たばかりなのに、もう脱ぎたくて堪らない。

「行こうか」

「ど、どこへ行くんですか？」

鷺沼に手を取られ、驚いて訊いた。

「ボールルームに、舞踏会の準備をさせてある」

鷺沼の芝居がかった大仰《おおぎょう》な言葉に、漣は目を見開き絶句してしまった。

こんな衣装に馴れないハイヒールを履かされて、ダンスなんか踊れるわけがない。

しかも、漣が履かされたのは、高さが十二センチもあるピンヒールだった。

前のソールにも二センチほどの厚みがあるので、実質的には十センチほどの高さになるのだが、ハイヒール初体験の漣にとってそんなことはなんの助けにもならなかった。

「すみません。ダンスなんて踊ったことありません」

「心配しなくても、わたしに任せておけば大丈夫だ。君のために貸切にしておいたんだ」

そう言われてしまったら、拒否権はない。諦めてエスコートする鷺沼の手を取ると、漣はスイートルームを出てボールルームへ向かった。

生まれて初めて履くピンヒールの靴《くつ》は、想像以上に不安定で歩きにくかった。

スイートルームからエレベーターホールまでの廊下を歩かされただけで、もうすでに足がジンジンと痺れるように痛くなってしまっていた。

こんな有り様で、ダンスなんかできるはずがないと思うと、泣きたい気分になってくる。

ようやくたどり着いた、シャンデリアが煌めくだだっ広いボールルームには、豪華なオードブルと酒の用意がされ、驚いたことに弦楽《げんがく》四重奏団までが待機していた。

まさに、ふたりだけのダンスパーティである。

「さあ踊ろうか。まずはワルツからだよ」

「でも、ほんとに踊ったことないんです」

縋るような訴えは、今度もあっさりと一蹴された。

「わたしに任せろと言っただろう」

「…で、でもっ……」

慌てる漣の腰をぐいと抱き寄せ深くホールドすると、鷺沼が楽団に向かって合図をした。

すぐに、ゆったりとしたワルツの演奏が始まった。

自信たっぷりに任せろと言っただけあって、鷺沼のリードは完璧だった。

流れるように、優雅なステップを大きく踏み、ダンスなどしたことのない漣を巧みに踊らせた。

時々、漣がよろめきそうになっても、鷺沼が力強く腰を引き寄せ支えてくれた。

そればかりか、漣の耳元で睦言《むつごと》を囁く余裕まである。

でも、漣は返事をするどころではなかった。

足が痛くて、息が切れて、目が回る――。

躓かないように、転ばないようにと注意するだけで精いっぱいで、早く曲が終わらないかと、そればかり願っていた。

ワルツを一曲踊り終えると、鷺沼は漣を椅子に座らせて休ませてくれた。

額に浮かんだ汗を、鷺沼が化粧を崩さないよう丁寧に押さえ拭ってくれる。

息が上がりへたり込んでいた漣の口元に、鷺沼がシャンパンの入ったグラスを差しつけた。

慌ててグラスを受け取ろうとした漣に、鷺沼は黙って首を振った。このまま飲めと言うことらしい。

カラカラに渇いた喉を、冷たいシャンパンが潤《うるお》してくれる。

鷺沼は料理も食べさせようとしてくれたが、コルセットが苦しくてとても食べられなかった。

「すばらしかったよ、汀」

上機嫌でグラスを干す鷺沼に、漣は辛うじて微笑み返した。

「さあ、もう一曲踊ろうか」

「……えっ……」

まだ踊るのかと言いかけた言葉を慌てて呑み込んで、漣は力なく目を伏せた。

この苦行はいつまで続くのだろうと思うと、涙が滲んで本当に泣き出してしまいそうだった。

結局、その晩、鷺沼はただただ踊るばかりで、漣を抱くことはなかった。

ふたりっきりの舞踏会で、疲れを知らない鷺沼に引きずり回されるように、漣は次から次へと踊ら

された。足が棒のようになってしまって、ついには痛みの感覚すらなくなった深夜になって、ようやく拷問《ごうもん》のような舞踏会は終わりを告げた。

ウエディングドレス姿の漣を、元のスイートルームへ連れ戻すと、鷺沼はご丁寧にも汗で崩れてしまった化粧をきれいに直してくれた。

「美しい」

ソファに座らせた漣の隣に腰を下ろし、鷺沼はさも満足げに目を細めた。

漣の手を愛《いと》しげに握り、撫でさする。

「今夜は楽しかったよ。ありがとう、汀。また会ってくれるね」

まっぴらゴメンだ、などと言えるはずもなく、漣はどうにか笑みを取り繕うと微かにうなずいた。

「ありがとう」

そう言って唇ではなく、頬に口づけすると、鷺沼は名残惜しげに立ち上がった。

内心、これからセックスをするのかと怯えていたので、どうやら鷺沼はこれで帰る気らしいと分かった時は心底ホッとしていた。

最後の気力を振り絞り、よろめくように立ち上がると、漣はドアのところまで鷺沼を見送った。

「また来るよ」

「はい。どうぞ、お気をつけて……」

パタンとドアが閉まりひとりになった途端、漣はハイヒールを脱ぎ捨て裸足になった。

そのままよろよろと歩いてソファへ倒れ込むと、もう身動きするのも嫌だった。

しばらく、放心したように座り込んでいると、ボーイがやってきた。

「ドレス、片づけるんで、脱いでもらっていいですか」

とっくに着替えをすませていると思っていたのか、ボーイは漣に向かって事務的に言った。

「すみません。すぐに脱ぎ……」

言いかけて、漣は血の気が引くように青ざめた。

貞操帯の鍵を外してもらっていない——！

どうなっているのか様子を見てみようにも、ウエディングドレスの膨らんだスカートやきついコルセットが邪魔をして見ることもできない。

「……く、玖木さんを呼んで！」

パニックになって、漣は叫んだ。

ボーイの連絡を受け、玖木はすぐに来てくれた。

花嫁姿の漣を見ても顔色一つ変えなかった玖木だが、漣が恥ずかしさを堪え貞操帯のことを半泣きで打ち明けると、さすがに苦笑いをした。

「今、外してやるから待ちなさい」

玖木はまず、ひとりでは脱ぐこともできなかったウエディングドレスを脱がせ、窮屈なコルセットやパニエも外してくれた。

ようやく呼吸が楽になって、漣は胸の底をさらうような深い息をついた。

玖木は、疲労困憊《こんぱい》した漣の足から、女物のパンティを無造作に抜き取った。

詰め物をしたブラジャーとガーターベルトにストッキングという、淫らであられもない恰好《かっこう》になってしまっても、もう漣には恥じらう余裕すらなかった。

へたり込んだきり動けない漣の前に屈《かが》み込むと、玖木はポケットから出した合い鍵で鍵を開けた。

「鍵の類《たぐい》は、何かあった時のために、必ず合い鍵を預けてもらうことになっているんだ」

馴れた手際《てぎわ》で解体した貞操帯を漣のペニスから外しながら、玖木は淡々と説明してくれた。

「お前がとてもきれいに仕上がったから、鷺沼さんは、そのままの姿のお前に見送って欲しかったのだろう。とても機嫌よくお帰りになった」

疲労と安堵と羞恥で朦朧《もうろう》とした漣の耳を、玖木の言葉は素通りしていった。

その後、どうやって寮の自分の部屋まで帰ってきたのか、どうしても思い出せない。

多分、ほぼ気絶するように眠り込んでしまった漣を、玖木がボーイか誰かに命じて、ここまで送り届けてくれたのだろうと思う。

全裸のまま、ここまで運ばれてきたのだと思うと、あまりにも恥ずかしくて消え入りたいような気持ちになってしまう。

「考えたって仕方がないか……」

風呂から出たら、もう少し眠ろう。夜になったら、また仕事に行かなければならないのだから――。

追い炊《だ》きができないせいで冷めかけた湯の中で膝を抱え、漣は薄暗いバスルームの天井を仰《あお》いだ。

ベルフールでの漣の勤務時間は、夜八時から深夜二時までと決められていた。

もっともこれは、漣がベルフールのサロンで客の指名が入るのを待たなければならない時間ということであって、客が希望すれば朝までどころか、一週間でも十日でも一緒に過ごさなければならない。

夕方、六時過ぎになって、漣はようやく目を覚ました。ぐっすり眠ったおかげで、筋肉痛は相変わらずだったが気分はすっきりしていた。

出勤するには早すぎると思ったが、ぐずぐずしているとずる休みしたくなってしまいそうで、漣はのろのろと起き上がりクローゼットから出したスーツに着替えた。

明るい花紺《はなこん》のダブルブレストのスーツは、ホスト時代にも仕事用に使っていたものである。

マンションを出て、ベルフールの通用口へ回る。ドアの横のカメラで光彩認証を行うと、鍵がカチリと開く音がした。厚みのあるドアを静かに押し開けるとすぐに、警備員の詰め所がある。

詰め所前のタッチパネルに表示された、自分の名前に指先で触れると、更衣室へ入るためのその日限りのカードキーが出てくる。それを手に、漣は地下にある更衣室へ向かった。

昨夜はわけも分からないまま、予約を入れてくれた鷺沼の相手を必死に務《つと》めた。

でも今夜は、サロンでほかの男娼に混じり、客から声がかかるのを待たなければならない。

ただぼんやりとしていても、客の指名は入らないだろう。たとえ鳥肌《とりはだ》が立つほど嫌でも、競争に勝ち抜いて指名を得なければ、ここから解放される日は永遠にやってこない。

「隆一さんのことは忘れるんだ」

静かに下降し始めたエレベーターの中で、漣は強いて顔を上げ唇を引き結んだ。

シャワールームやミニキッチンも備えた男娼専用更衣室は、豪奢に設えられている表と違って、いたって簡素な内装だが広さと設備は贅沢なほど行き届いていた。

壁に沿って、ずらりと化粧台が並んでいる。反対側の壁際には、ブティックなどで見かける業務用のハンガーラックが数台置かれ、クリーニングから戻ってきたらしい男娼たちの衣装がかかっていた。メンテナンスはベルフールのスタッフがやってくれるが、衣装は基本的に各自が自前で用意しなければならない。漣も、ホスト時代に着ていたスーツを、仕事用に使うつもりで持ってきていた。

部屋の中央には大きなテーブルとソファが置かれ、男娼たちの休憩スペースになっていたが、まだ時間が早いせいか誰も来ていなかった。

ミニキッチンの冷凍冷蔵庫には、ゼリー飲料やフルーツ、サンドイッチなどの軽食に、スポーツドリンクやジュース類、アイスクリーム等が用意されていた。

冷蔵庫からゼリー飲料を一つ取り出すと、ソファへ腰を下ろした。

食欲は戻っていないが、少しはエネルギーを補給しておかなければ身が持たない。

食事を抜いたせいで、客の前で貧血を起こして倒れるなどという醜態を晒すわけにはいかなかった。

グレープフルーツ味のゼリー飲料は、不味《まず》くはなかったけれど、後味が苦かった。

「……苦っ……」

顔をしかめた漣が手の甲で唇を拭った時、不意にドアが開いた。

振り向くと、長身で手足が長く、まるでランウェイを歩くモデルのような華やかさを振りまきながら青年がひとり入ってきた。

ホワイトシャツに細目のネクタイを締め、薄いグレーのニットの上に革のブルゾンを羽織っている。年齢は、漣と同じくらいに見えた。鼻筋が通り、くっきりとした二重の目が印象的な、野生的でシャープな顔つきをしている。

青年は漣がソファに座っているのに気づくと足を止め、和らいだ笑みを浮かべた。

「おはよ」

「……おはようございます」

ギクシャクとぎこちない動きで、漣はよろめくように立ち上がった。

「見ない顔だけど、新人？」

「はい。汀です。よろしくお願いします」

「俺は拓海。よろしくな」

「じゃ、笠原さんの……」

思わず言いかけ、慌てて口を噤《つぐ》んだ漣を、拓海は小首を傾《かし》げるようにして見直した。

「もしかして、アルカンジュのパーティで、笠原さんが接待用に指名したのって、君？」

「……そうです。すみません、余計なこと言って……」

「別にいいよ。俺が笠原さんのお気に入りなのは、みんな知ってるから」

あっけらかんと言うと、拓海は様になる仕草で肩を竦めた。

「それにしても、君、なんか疲れた顔してない？　昨夜《きのう》、頑張りすぎちゃった？」

ブルゾンを脱ぎながら、拓海がからかうように言った。

「……そういうわけじゃ……。あの、やっぱり、そんなに疲れた顔に見えますか？」

「うん、なんかげっそりしてる。それに、目の下、クマできてるじゃない。それ、今のうちに治しとかないとまずいよ」

「あー、そう…ですよね……」

「ま、でもよかったじゃない。始めたばっかで、そんなにクマ作るほど頑張れたんなら」

クスクス笑いながら、拓海は漣の隣に腰を下ろした。

「はあ……」

「そうだ。コーヒー淹《い》れてこよう。君も飲む？」

腰を浮かしかけた拓海を、漣は慌てて引き止めた。

「あ、僕がやります」

「そう？　悪いね」

小さく首を振って、なるべくゆっくり立ち上がった。

実のところ、目の下のクマよりも、目下の最大の問題は筋肉痛だった。できれば、身体中に湿布《しっぷ》を貼りまくりたいくらいだが、まさかそうもいかない。

ミニキッチンのコーヒーマシンに、カプセルをセットしてスイッチを押す。

すぐに、コーヒーの香ばしい香りが漂った。

コーヒーを淹れたプラスチックカップを持って戻った漣の動作を見て、拓海は怪訝な顔をした。

「どうかしたの？」

「えっ？」

「いや、なんか動くの辛そうだからさ」

「ちょっと筋肉痛で……」

「筋肉痛……？　昨夜、客と何したの？」

「……ダンスです」

言うべきか否《いな》かちょっと迷ったけれど、漣は正直に答えた。

「もしかして鷺沼さん？」

漣が小さくうなずくと、拓海は同情するように唇の端をわずかに歪めた。

「そっか……。で、何着せられたの？」

「ウエディングドレス……」

「あー、君、似合いそうだもんね」

微妙に気の毒そうな顔をして、拓海は低く含み笑っている。

「あの人はね、君みたいに、華奢で繊細な楚々《そそ》とした美人が好みなんだ。幸いなんて言うと叱られちゃうけど、俺みたいな骨っぽい感じのはお呼びじゃないんだな」

確かに、拓海は漣とは正反対のタイプだった。しなやかそうでけしてごつい感じではないけれど、肩幅もあるし女装が似合いそうには見えない。

「鷺沼さんはね、ちょっと不思議な人なんだ。女もいけるらしいけど、男を抱きたいってのともちょっと違うらしくてさ。そもそも、エッチに興味ないんだよ、あの人。ここへは、人形遊びをするために来るんだからさ」

なるほど、と腑《ふ》に落ちる思いで、漣はうなずいた。言われてみれば、昨夜の自分は人形同然だった。

「そのうち外でのデートにも誘われるよ」

「外へ行く時も、女装するんでしょうか」

「もちろんだよ。鷺沼さんにとって、俺達男娼は生きた着せかえ人形なんだから」

「でも、セックスはしないんですよね」

なんとなく、釈然としない思いがした。セックスに興味がないのなら、何もわざわざ男娼に女装させなくてもいいのではないかと思う。

「ま、そこが鷺沼さんにしか分かんない拘《こだわ》りってヤツなんじゃない」

あっけらかんとした口調で言う拓海は、気取りがなく感じがよかった。心細さと緊張がわずかばかり薄らいでいくようで、漣は初めて口を利く男娼が拓海でよかったと思った。

「覚悟した方がいいよ」

コーヒーカップを両手で包むように持って、拓海は内緒話をするように囁いた。

「えっ……？」

「ここ、客の平均年齢と変態率、すげー高いから」

「変態率、ですか……？」

「ここの会員になるには、入会金が二千万、年会費が五百万もかかるんだ。そんな大金を平気で払えるほどの金持ちなら、わざわざ男娼なんか買わなくたって遊び相手には困らないと思うだろ。でも、みんなバカみたいにクソ高い金を払って、ここへ俺達を買いに来る。どうしてだと思う？」

「……普通では、できない遊びをするため？」

「正解」

確かに、世の中には女装趣味の人だっているだろうが、なおかつ、ヘトヘトになるまで文句も言わずにダンスにつき合ってくれる相手となると、そうそう見つからないかもしれない。

「鷺沼さんなんか、まだいい方だよ。来ると必ず、男娼にオナらせるジジイがいるんだけどさ。自分で自分のを舐《な》めて達《い》けって言うんだってさ」

漣は目を丸くした。いったい、どんな態勢でやったら、そんなことができるのだろう。

「自分でって、そんなことできますか？」

「まんぐりがえしって分かる？　仰向けに寝て、身体二つ折りにして爪先を頭の方に持ってくヤツ。かなり苦しい体勢だけど、身体が柔らかければ舐めたり吸ったりできるみたい。俺は無理だけど」

「僕も無理です」

「その客は、自分では男娼に指一本触らないんだってさ。素っ裸にした男娼に、後ろをいじりながら自分のを舐めて飲めって命じて、それを見ながら自分もオナるんだそうだ」

拓海の話は、漣の想像の遥か斜め上をいくものだった。

漣が抱いていた客と男娼に対するイメージが、ガラガラと崩れ落ちていく。

驚きに小さく口を開けた漣を見て、拓海はふっと目を細めた。

「エル・ド・ランジュにいたんだろ」

「笠原さんに聞いたんですか？」

「うん。ホスト上がりとは思えないほど、スレた感じがどこにもなくて可愛かったって褒めてたよ。この間だって、あわよくば４Ｐ狙《ねら》ってたフシがあったし」

「……４Ｐ……」

思わず想像してしまって、漣はカーッと顔を赤らめた。

「そ、そんなの恥ずかしすぎる……」

「なーに純情ぶってんの。４Ｐくらいで尻込みしてたら、この先やっていけないよ」

「…はあ……」

「そのうち、笠原さんからも指名が入るんじゃない？」

「でも、いいんですか？」

上目遣いに、窺うように見た漣に、拓海はそれがクセらしく肩を竦めてみせた。

「別にかまわないよ。俺だって、贔屓《ひいき》客は笠原さんだけってわけじゃないし」

多分これは社交辞令だな、と漣は内心で思った。

エル・ド・ランジュでホストをしていた頃も、ほかのホストの客には手を出さないのが暗黙の了解だった。それでも、誰かが人の客を奪《と》ったとか色目を使ったとかいう喧嘩《けんか》騒ぎは日常茶飯事だった。

せっかく拓海と知り合えてよかったと思うのに、気まずくなるような事態はできれば避けたい。

不意に、拓海が表情を改め漣の方を向き直った。

「一つ、忠告。ここじゃ、恋は御法度《ごはっと》だよ」

「もちろん、分かってます」

「ほんとに分かってるかな。恋だけじゃない。ひとりの客に、入れ込むのもダメだ。心のギアは常にニュートラル、気持ちをフラットにしておかないとやっていけないよ。どうしてだか分かる？」

「……それは……」

口ごもった漣に、拓海は諭《さと》すように続けた。

「当たり前の話だけど、鷺沼さんみたいに、エッチに興味ないって客ばかりじゃないからね。男ってさ、抱かれて感じてるふりとか、達ったふりとかでごまかせないだろ。男のエッチって、意外とメンタルが占める割合が大きいからさあ。君が、後ろさえいじってもらえれば、相手が誰でも、いつでも何回でも達きまくれる淫乱だって言うなら話は別だけどね」

拓海の言い方は、あまりにあけすけで身も蓋《ふた》もなかったけれど、確かにその通りだと思った。

ひとりの客に特別な感情を持つと、ほかの客に指名された時に、それが表に出てしまう虞《おそれ》があるだろう。それでは、客を満足させることなどできるはずもない。

心のギアはニュートラルにというのは、それが最低限のプロの心得《こころえ》ということなのだろう。

身体を売る商売とはいえ、客にお金を払ってもらう以上、満足させるよう努力しなければならない。

「だけど、どうしてこっちへ移ろうと思ったの？　君、あんまり身体売るような感じに見えないのに」

「……借金、抱えちゃって……」

「あー、なるほどね」

「……ありがちな理由ですみません」

別に謝るところではないと思ったが、これ以上、詮索《せんさく》されたくなくて、漣はわざと戯《おど》けるように言って軽く肩を竦めた。

「それじゃ、なおさら恋は絶対禁止だな」

「恋なんかしてる余裕、ないですよ。頑張って働いて、とにかく借金返さないと」

脳裏《のうり》を隆一の面影が過《よ》ぎり、打たれた頬の熱さが蘇《よみがえ》る。それを振り払うように首を振り、少々大げさにため息までついてみせた漣に、拓海は「頑張れよ」と笑った。


「ちょっと早いけど、サロンへ上がろうか」

腕時計をちらりと見て、拓海が言った。

「僕、ここのサロンへ出るの、初めてなんです。昨日は、直接、鷺沼さんのところへ行っちゃったんで」

「そうなの？　じゃ、ベルフールのサロンデビューを祝して、シャンパンで乾杯しよう」

脱いでいたブルゾンを羽織りながら立ち上がった拓海は、フットワーク軽く、漣の分のカップまでさっさと片づけてくれた。

「ここにはアルコールは置いてないけど、サロンのバーならなんでも揃《そろ》ってる。何を飲んでも、客待ちする間に飲んだ分はタダ。もっとも、酔っぱらうほど飲んだら、請求書より怖い玖木さんの説教が待ってるけどね」

悪戯《いたずら》っぽく言った拓海に、漣は口元だけで薄く笑い返した。

更衣室を出て、漣と拓海はエレベーターホールへ向かった。

いよいよ今夜は、サロンで大勢の客に品定めされるのだ。

「緊張してる？」

素直にうなずくと、「大丈夫だよ、すぐに馴れるから」と慰めてくれた。

「客の変態率高いなんて脅《おど》かしちゃったけど、ベルフールにとって俺達は金の卵を生む鵞鳥《がちょう》だから。なんせ、法外な入会金や年会費を払ってくれる客を繋ぎ止めておく手段は、俺達しかないんだからさ。だから、客に無茶振りされて、これはさすがにどーしても無理だと思ったら、玖木さんに相談すればケアもフォローもきっちりしてくれる」

到着したエレベーターに乗り込みながら、拓海は丁寧に教えてくれた。

「玖木さんって、どういう人なんですか？」

上昇を始めたエレベーターに乗っているのは、漣と拓海のふたりだけだった。

誰にも聞かれる心配がない安心感から、漣は思い切って訊いてみた。

首を振り、拓海は「謎」と端的に答えた。

「元はヤクザの大幹部だったとか、海外の大きなホテルの支配人してたとか、実は大物政治家の隠し子なんだとか、噂《うわさ》はイロイロだけど、どれが本当なのかは誰も知らない。分かってるのは、あの人が表社会にも裏社会にもすげーネットワーク持ってるらしいってことと、オーナーが唯一全幅《ぜんぷく》の信頼をおいてる人だってことかな」

「……表にも裏にも、ですか……」

「うん。俺も聞いた話だけど。ずいぶん前に、ボーイとできちゃって、借金残したまま逃げた男娼がいたんだってさ。すげー綿密に計画立てて、海外まで飛んだのに、玖木さんのネットワークで一週間もしないうちに見つけ出されて連れ戻されたって」

「その人、どうなったんですか？」

「残ってた借金と捜索にかかった費用、ベルフールの看板に泥を塗った落とし前、全部ひっくるめて精算してもらうってことで、ロシアの富豪に性奴隷《せいどれい》として払い下げられたって話だ」

「……性奴隷……って……」

「そのロシアの富豪は、ウチの会員になりたがったんだけど、かなりえげつないドSなんで断られたんだってさ。だから、そんなヤツの性奴隷にされたら、もう生きて日本へは帰れないだろうって、みんなふるえ上がったらしいよ。一緒に逃げた恋人も、香港《ほんこん》の人身売買組織へ売り飛ばされたって……」

青ざめた漣の顔を見て、拓海は「大丈夫だよ」と笑った。

「ここ、警察関係の客も多いから。元検事総長とか元警察庁長官とか元警視総監とか、たいていのことは闇から闇へ葬《ほうむ》り去れるコネがちゃんとあるんだ。それに、要は逃げなきゃいいんだから。ちゃんと真面目に働いてれば、過保護なくらい護《まも》ってくれるし。総じて、働きやすいところだと思うよ」

新入社員にレクチャーする先輩のようにさらりと言うと、拓海は白い歯を見せ爽やかに笑った。

内心、とてもそうは思えないと感じたが、漣は黙って小さくうなずいた。

「あの……、拓海さんはオーナーに会ったことあるんですか？」

「ないない」と、拓海は首を振った。

「オーナーは、こんな裏へは顔を出さないよ。汚れ仕事は、全部、玖木さんが引き受けてるんだから」

「そうなんですか」

エレベーターを降りたふたりは、館の表側へ出るドアを開けて仄暗《ほのぐら》い廊下へ出た。

分厚い絨毯が敷き詰められた広い廊下に人気《ひとけ》はなく、重厚感のある静寂がふたりを押し包む。

両側の壁には油彩《ゆさい》の風景画が飾られ、ところどころに溢れんばかりの生花が活けられた大きな花入れが、静かにピンスポットを浴びていた。

「あの突き当たりが、サロンだよ」

拓海が指さした方に、木製の堂々たる両開きのドアが見えた。

「僕達も、あそこから出入りしていいんですか？」

「もちろん。ていうか、あそこしか出入り口はないんだ。さあ、行こうか」

拓海に促され、漣はサロンへ向かった。

「ここは表向き会員制の高級オーベルジュってことになってて、営業許可もそれでちゃんと取ってるって。だから、それに見合う腕のシェフが雇われてる。舌の肥えた客も、ヘタなレストランより、この料理の方が美味《おい》しいって言うし。サロンで気に入りの男娼とゆっくり食事を楽しんでから、部屋へ引き上げたり外へ出かけたりすることも多い。俺達が飲み食いした分は、もちろん客持ち。だから、遠慮なくパクパク食べて平気だよ。ただしホストクラブと違って、客に高い酒を飲ませても、俺達の売り上げが上がるってことはない。俺達が売るのは、身体だけだから」

厚みのある両開きドアの前で立ち止まると、拓海は漣を振り向いた。

「ようこそ、ベルフールのサロンへ」

拓海がドアを開けると、ホテルの大広間二つ分くらいはありそうな、広々と荘重な雰囲気の空間が広がっていた。

吹き抜けになった高い天井には、クリスタルのシャンデリアが下がっている。

螺旋階段で繋がった中二階の窓には、アンティークのステンドグラスが嵌《は》め込まれていた。

中二階の東側には、格式を感じさせるカウンター式のバーが、反対側の西側にはクラシックな雰囲気のしゃれた喫茶コーナーが造られている。

「下戸《げこ》の客、意外と多いんだよね。だから、ここ、ケーキもすっごい美味しいよ。季節のフルーツを使ったパフェとか、外じゃあんまり大手を振って食べられないせいか、いいトシした客が嬉しそうに食べてたりしてさ。中には、パフェ食いながら酒飲む客もいるよ」

見るからに座り心地のよさそうなソファ席の奥には、テーブルにキャンドルが飾られたレストランスペースが設えられている。そして、その中間に、中二階へ通じる螺旋階段があった。

階段へ向かって、拓海は優雅な足取りで歩いていく。

サロンには、まだ客の姿はなかったが、もしいれば客の目を引きつけずにはおかないだろうと思う歩き方だった。

「シャンパンとケーキ、どっちにする？」

螺旋階段を上がりきったところで、拓海が訊いた。

「シャンパンにします」

ふたりは中二階の東側に造られた、バーのスツールへ並んで座った。

「シャンパン、グラスで」

初老のバーテンダーは、拓海の注文に黙ってうなずき、カウンターの上に金色に透き通った酒を満たしたフルートグラスを二つ置いてくれた。

「乾杯」

「……乾杯」

キリッと冷えたシャンパンを口に含むと、芳醇《ほうじゅん》な香りが鼻へ抜けていった。

「美味しい……」

「ゼリー飲料より、よっぽど気合いが入るだろ」

「確かに……」

ニヤリと笑った拓海から、恥じらったように視線を外した漣の目に、玖木が螺旋階段を軽やかな足取りで上がってくるのが見えた。

「汀」と玖木が呼んだ。

「ここにいたのか」

「なんでしょうか」

「もう少ししたら、鷺沼さんが見える」

「えっ……」と漣は息を呑んだ。

昨夜の難行苦行が、一気に蘇ってくる。

「あ、あの……、またドレスですか……」

恐る恐る訊いた漣に、玖木はあっさり首を振った。

「いや、振り袖だ。ひと月ほど前に、鷺沼さんが手描き友禅《ゆうぜん》のいい反物《たんもの》を手に入れたと言っていたんだが。それが、仕立て上がってきたそうなんだ。それを見たら、どうしても今夜、汀に着せてみたくなったと先ほど電話があった」

「あの、それはもしかして、誰かほかの人用に仕立てたんじゃないんですか？」

一ヶ月前、漣はまだエル・ド・ランジュのホストだった。

「ああ。でも、背格好は汀とちょうど同じくらいだから、寸法は問題ないだろう。鷺沼さんも、そう言っていた」

優雅にフルートグラスを傾けながら、拓海がちらりと漣の方を見た。

「気に入られたんだよ、鷺沼さんに。いいことじゃん」

拓海が言った、心のギアは常にニュートラルという言葉を、漣は静かに思い返した。

身体はまだあちこち痛いが、振り袖ならハイヒールではなく草履《ぞうり》だろうし、さすがに着物でダンスはしないだろう。それなら、なんとか頑張れるかもしれない。

「それより、その目の下のクマはなんだ。ちゃんと治して出てこなかったらダメじゃないか」

叱責に、漣は首を竦めた。

更衣室で拓海にも指摘され、治すつもりだったがうっかりしていた。

「すみません。鷺沼さんが見えるまでになんとかします」

半分ほど残っていたシャンパンを一息に飲み干して、漣はスツールからゆっくりと降り立った。


染めだけではなく、下絵からすべて手描きだという、最高級の加賀《かが》友禅で仕立てられた大振り袖は、淡い桃色の地に御殿鞠《ごてんまり》を散らした古典的で可愛らしい柄《がら》だった。

前髪を下ろしたおかっぱ頭のウイッグをつけ、愛らしく清楚《せいそ》な日本人形に変身させた漣を、鷺沼はベルフールの外へ連れ出した。

馴れない女装姿で外出することには、不安もあった。

でも、館内にいて、本来この振り袖を着るはずだった男娼と顔を合わせることになったら気まずい、と内心思っていたのでホッとする気持ちもあった。

運転手付きのリムジンに乗せられ、連れていかれた先は、鷺沼の行きつけだという老舗《しにせ》料亭だった。

「鷺沼様、いらっしゃいませ。まあまあ、なんて可愛らしいお嬢様をお連れで……」

出迎えた女将《おかみ》の言葉に、身の置きどころがないような居心地の悪さを感じた漣に、鷺沼の答えが追い打ちをかけた。

「そうだろう。わたしの最愛の恋人なんだよ」

平然と言ってのけた鷺沼に、漣は内心で激しく狼狽《ろうばい》した。

さすがに女将は動じる気配もなく、上品に口元に手を当て「ホホホ」と笑った。

鷺沼の冗談だと思ったのかもしれない。

「相変わらず、鷺沼様は艶福家《えんぷくか》でいらっしゃること」

女将は、目の前の振り袖姿の漣が、実は男だとは夢にも思っていないようだった。

着物の中に隠された貞操帯が、急に存在感を主張したような気がしてしまう。

底の厚い草履の鼻緒《はなお》で痛む足を閉じ、漣は持たされた小さなバッグでそっと前を隠した。

仲居《なかい》に案内されたのは、坪庭《つぼにわ》に面した静かな奥座敷だった。

掛け軸の下がった床の間には、黒の薄板に置かれた竹筒に淡いピンクの椿《つばき》が活けられていた。

正座だったら困るなと心配していたが、掘り炬燵《ごたつ》式で腰掛けられるようになっていたので、漣はこっそり胸を撫で下ろした。

鷺沼が漣の手を取って上座に座らせようとしたので、慌てて首を振った。

「遠慮することはないのに。汀は奥ゆかしいねえ」

鷺沼が目を細めて言うのに微かな笑みを浮かべ、漣は恥じらったように目を伏せた。

声を出して返事をすると、仲居に男だとバレてしまいそうでドキドキしてしまう。

それなのに――。

「汀は何が好きなのかな。嫌いな物はあるの？」

向き合って座った鷺沼が、涼しい顔で訊いてくる。

「なんでも食べます」

傍らに座った仲居の存在を気にしながら、俯きがちに小さな声で答える。

「取り敢《あ》えず酒だな。冷やでいい」

言い切ってから、鷺沼はちょっと慌てたように漣を見た。

「汀は、ワインの方がよかったかな。ここは和食の店だが、いいワインも置いているよ」

「日本酒でいいです」

「それじゃ、あとは季節の物を適当に見繕って持ってきてくれないか」

「畏まりました」と頭を下げて仲居が出て行くと、緊張しつつもホッとした。

にこにこと、鷺沼は嬉しそうに漣を眺めている。

鷺沼を少しでも喜ばせるのが、今夜の自分の仕事なのだ。

そう思ったから、漣もぎこちないながら笑みを浮かべて鷺沼をそっと見た。

「今日は突然だったから、驚かせてしまったかな」

「そんなこと全然……。指名してもらえて、嬉しかったです」

膝の上で重ねた袂《たもと》を少し持ち上げて、漣は微笑んだ。

「こんなきれいな着物も着せてもらえたし……」

「とてもよく似合っているよ。昨日のドレス姿もすばらしかったが、今日も本当に可愛らしい」

「……恥ずかしいです……」

睫毛を伏せ、含羞《はにか》んだようにさらさらの黒髪を揺らす。

「そちらへ行ってもいいかな？」

「はい……」

漣の返事が終わらないうちに腰を上げると、鷺沼は寄り添うように隣に座った。

「愛しているよ。汀は、わたしを愛してくれている？」

「はい」と、漣は迷うことなく答えた。

今夜、漣は鷺沼の恋人なのだから――。

「愛しています」

ためらいなく答えたが、愛しているという言葉が、こんなにも薄っぺらく軽々しいものだったとは、と残念な思いに駆られていた。

にも拘らず、漣の肩を抱き、鷺沼が耳元へ感極まった囁きを吹き込む。

「ありがとう。嬉しいよ」

鳥肌が立ちそうになるのを必死に堪え、漣も「僕もです」と呟いた。

「失礼します」

襖《ふすま》の向こうから声がかかり、漣は慌てたが、鷺沼は落ち着き払った声で返事をしている。

「どうぞ」

仲居の方も、鷺沼が漣の肩を抱いているのを見ても顔色一つ変えることもなく、にこやかな笑みを絶やさず酒や肴《さかな》の皿を平然とテーブルに並べていく。

「ご用がありましたら、お声をおかけくださいまし」

仲居が出て行くと、鷺沼は漣の肩を抱いたまま江戸切子《えどきりこ》のぐい呑みに酒を注いだ。

「飲みなさい」

ぐい呑みを、漣の口元に差しつける。

素直に唇を開き、促されるままに漣は日本酒を飲んだ。

まろやかで口当たりのよい芳醇な酒が、口の中に広がっていく。

「気に入ったか？」

「とても美味しいです」

漣が鷺沼にお酌《しゃく》をしようとすると、「じっとしていなさい」と窘《たしな》められてしまった。

「すみません……」

「いいんだよ。ほら、口を開けて」

まるで小さな子供にするように、鷺沼が箸《はし》で鮑《あわび》の刺身《さしみ》を食べさせてくれる。

酒も肴も、すべて鷺沼が口に運んでくれるので、漣は何もすることがなかった。否、何もさせてもらえなかった。

老舗料亭の座敷で、鷺沼は漣という生き人形を相手に人形遊びをしているのだ。

お造りはどれも新鮮だったし、煮物は薄味だが出汁《だし》が効いていてとても美味しかった。

でも、鷺沼に食べさせてもらわなくてはならないので、酒も料理も自分のペースで食べられない。

勧められるまま杯を重ねてしまったせいか、思いの外酔いが回ってしまったようだった。

緊張と酔いに、昨夜からの疲労も相俟って、不意に身体がほんの少し傾いだ。

「少し酔ったかな」

「大丈夫です」と否定したが、鷺沼はほろ酔いの漣を畳の上に押し倒した。

福良雀《ふくらすずめ》に結んだ帯がつぶれてしまう。

「……帯が……」

漣の訴えなどきれいに無視し、鷺沼は着物の裾をはだけるなり腰巻きの中へ手を入れてきた。

着物だからと、今日は下着は腰巻きしかつけていない。

鷺沼はセックスには興味がないのではなかったのか。まさかと思うが、こんないつ誰が来るとも分からない座敷で、漣を抱くつもりなのだろうか。

驚きに目を見開き硬直した漣に、鷺沼が「膝を立てて、足を開きなさい」と命じた。

「……はい」

羞恥を堪え、漣は言われたとおり素直に足を開いた。

白足袋《しろたび》だけ履いた素足が、ひどく艶《なま》めかしくていやらしい。

畳の上に、振り袖の長い袂が煽情的《せんじょうてき》に広がっていた。

「お漏《も》らししていないか、確かめてやろう」

鷺沼は貞操帯の具合を確かめるように漣に触れてから、やんわりと掌で包むように袋をいじった。

「……ぁっ……」

思わず声を上げそうになり、漣は唇を引き結んだ。

屈辱《くつじょく》のあまりか動揺しているせいなのか、漣の性器は縮こまったままなんの反応もしなかった。

「いい子だ。お漏らしはしていないようだな」

貞操帯をつけられているのに、そんなことができるはずもないと思ったが、漣は顔を真っ赤にしたまま黙っていた。

背中で潰れた帯が痛い――。

「悪かったね」

あられもなくはだけた着物の裾を直し、鷺沼は漣を抱き起こしてくれた。

着物の着崩れも潰れてしまった帯も、ちゃんと器用に直してくれる。

「機嫌を損ねてしまったかな」

俯きがちに首を振りながら、なんと答えるべきか、漣は急いで考えた。

「そんなことありません。確かめていただいてよかったです」

「そうか、そうか……。汀は本当に素直ないい子だ」

正解だったらしい。漣の肩を抱き、鷺沼が髪を撫でてくれる。

「汀が悪い子にならないように、いつでも確かめてください」

「おお、おお……」と鷺沼はさらに喜んだ。

「それなら、今度はお尻に栓もしてあげよう。そうすれば、もう絶対にお漏らしすることはない」

ゾッと寒気がしてしまったのがバレないように、思わず目を閉じた。

閉じながら「……嬉しい……」と呟いた。

そして、こんな心にもない返事をためらいもなく口にできる自分に、ひどく驚き、同時に苦い自己嫌悪も感じていた。

こうやって堕ちていくのだ、と思った。

漣の胸に満ちた痛みと哀しみは、やがて諦めとなって心の奥底へ静かに降り積もっていった。


食事を終え料亭を後にした鷺沼は、漣を連れて定宿にしているという都心のホテルへ向かった。

「夜景がとてもきれいに見える部屋をリザーブしてある。汀もきっと気に入るよ」

リムジンのシートでぴったりと身を寄せ、鷺沼は漣の髪や手を愛おしげに撫でながら言った。

このままベルフールへ帰れないのだと知って、漣は内心ガッカリしてしまった。

ホテルの部屋を取ってあるということは、朝まで一緒に過ごさなければならないのだろうか。

でも――。

「楽しみです」

落胆《らくたん》が顔に出ないよう細心の注意を払い、漣はにっこりと微笑み返した。

ネオンに彩《いろど》られた夜の街を、高級倶楽部の会員と女装した男娼という、淫靡《いんび》な秘密を抱え込んで、リムジンが走り抜けていく。


流れ去る街の景色を、漣はぼんやりと眺めていた。

ホテルのファサードに到着したリムジンから、エスコートする鷺沼に手を取られて降り立った。

金モールのついた制服を着たドアマンが、ふたりのために恭しくドアを開けてくれる。

ちょうどホテルから出てきた外国人のカップルが、日本人形が歩いているような漣の姿に気づき、目を瞠《みは》って立ち止まっている。

「What a beautiful lady！」

「It is amazing！」

すれ違いざま、耳に飛び込んできた口笛を吹きつつの賞賛に、鷺沼が得意げに囁いてきた。

「汀がとても可愛いから、みんなが見ているよ」

周囲の視線が突き刺さってくるようで、居たたまれない思いに身が竦み、ロビーにいた客達の目をはばかるように顔を伏せた。

途端に、鷺沼に叱責されてしまった。

「もっと、胸を張って歩きなさい」

「……すみません」

でも、もしも男だとバレたらどうしようと思うと気が気ではない。こうなったら、早く部屋へ入りたい、と切実に思った。

どうやら、漣をベルフールへ迎えに来る前に、すでにチェックインをすませていたらしく、鷺沼はフロントへは寄らず直接エレベーターホールへ向かった。

エレベーターを待つ間も、漣は周りの目が気になって仕方がなかった。

俯きがちに、それとなく周囲の様子を窺っていると、ふたり連れの男性が、談笑しながらエレベーターホールへ入ってきたのに気がついた。

何気なく、ちらりとそちらへ目をやった瞬間、息が止まりそうなほど驚いてしまった。

隆一さん――！

ジャケットは遊び心を感じさせるライトブルーのチェックで、パンツは同系色の無地、中に濃紺のウエストコートを着ている。比較的カジュアルな雰囲気なのは、仕事ではなくプライベートだからということだろうか。

一緒にいるのは、隆一より少し若そうな目鼻立ちの整った色白の男性だった。

男性が着ているグレンチェックのジャケットのライトブルーのオーバーペーンと、ネイビーのネクタイは、隆一の色使いを意識してだろうか。

隆一の傍らに寄り添うように立ち、男性が何やら耳打ちするように囁いた。

「いいね」

「でしょう?」

和らいだ笑みを浮かべた隆一に、若い男性は楽しげに朗《ほが》らかな声をあげた。

今すぐ、走って逃げ出してしまいたい。

それなのに、ふたりに視線が釘《くぎ》付けになってしまって、どうしても逸らすことができない。

不意に、隆一が漣の方を見た。

ハッとした瞬間、視線が交錯《こうさく》し目と目が合ってしまった……ような気がした——。

慌てて目を伏せたが、身体がふるえ、心臓が破裂しそうなほどドキドキしている。

隆一は、漣に気づいただろうか——。

恐る恐る目を上げると、隆一は漣にはなんの興味も示さず傍らの男性と楽しげに話していた。

ホッと安堵しているのに、胸が締めつけられるような寂しさを感じた。

なんだか、ひどく惨めで身体の芯が冷たく凍りついている。

何台もあるエレベーターの一台が到着し、乗っていた大勢の客が吐き出されロビーへ向かっていく。

その、人と人の間越しに、もう一度隆一達の方を窺った。

連れの男性に、隆一が何やら話しかけた。

「ええ。もちろん。僕もそのつもりです」

男性の響きのよい弾んだ返事が、漣の耳にまで突き刺さるように響いた。

切なくて苦しくて、漣は思わず唇を嚙み締めた。

「どうかしたの」

俯いてしまった漣の顔を、鷺沼が覗き込んできた。

曖昧《あいまい》な笑みを浮かべ、漣は黙って小さく首を振った。

漣と鷺沼が一番先にエレベーターに乗り込み、そのほかの客がそれに続く。

隆一と連れの男性は、最後に乗ってきた。

滑らかに上昇を始めたエレベーターの中には、静かに音楽が流れていた。

外国人客が、早口のフランス語で会話をしている。

一番奥まった片隅から、漣は息を潜めて隆一の背中をじっと見つめた。

エレベーターは途中階で何度か停《と》まり、その都度何人かが降り、また新たな客が乗り込んできた。

二十二階で、隆一は連れの男性とともにエレベーターを降りていった。

ふたりが降りたのがレストランなどがある階ではなく、客室階だったことに漣はショックを受けた。

今夜、隆一達もこのホテルで一夜をともにするのだろうか——。

想像した瞬間、帯に締めつけられた胃の奥の方に鋭い痛みが走った。

痛みは哀しみとともに喉元まで一気に迫《せ》り上がってきて、軽い吐き気さえ覚えていた。

手にしている、豪華なビーズ刺繍《ししゅう》を施した小さなバッグを、ぽとりと床に取り落とし、子供のように両手で顔を覆って泣き出してしまいたい。

でも、そんなことができるはずもなかったし、たとえ声をあげて号泣《ごうきゅう》したとしても、現実は何一つ変わらないと身に沁みて知っていた。

鷺沼が漣のためにリザーブしたと言った三十階の部屋の正面は、天井まであるピクチャーウインドウで占められていた。

その大きな窓いっぱいに広がる都会の夜景の真ん中に、赤とオレンジに光り輝く東京タワーがすっくと立っていた。

窓を開けて手を伸ばせば、届きそうなほどの近さに見える。

「……すごい」

思わず立ち止まり、感嘆《かんたん》の声を洩らした漣に、鷺沼は満面の笑みを浮かべた。

「気に入ったか？」

「はい、とても……」

「そうだろう。わたしも、汀と一緒にこれを見られて嬉しいよ」

鷺沼は、ピクチャーウインドウに向かって置かれたソファへ漣を座らせた。

窓ガラスに、振り袖を着た自分の姿が映っている。

そして、その向こう側に巨大な東京タワー。

見つめていると、まるで煌めく夜景の中を浮遊し、漂っているような錯覚に捕らわれそうだった。

「十二時になると、消えるそうだよ」

漣の隣に腰を下ろしながら、鷺沼が言った。

「えっ……？」

「東京タワーの灯りだよ。それを一緒に見た恋人同士は、必ず幸せになるそうだ」

幸せになる。誰と誰が――？

揺れ惑うすべての感情を呑み込み、ゆっくりと顔を向けた漣の視界に、穏やかな笑みを湛えた鷺沼の眼差《まなざ》しが入ってきた。

ぎこちなく微笑み返し、漣はもう一度、窓の方へ目を向けた。

どこまでも、どこまでも広がる光の洪水――。

目眩がしそうになって、漣はそっと目を閉じた。

閉じた瞼の中に、数階下の部屋で恋人と肩を並べて東京タワーを見ている隆一の姿が浮かんでくる。

「ルームサービスで、シャンパンでも持ってこさせよう」

声とともに、鷺沼が立っていく気配がした。

自分は、いつまでこうして座っていなければならないのだろう。

ああそうか、東京タワーのライトが消えるまでだっけ。

今、何時なのかな――。

飾り物の人形のように身じろぎもせず、漣はぼんやりと考えていた。

忍び込んできた夜明けの気配で、漣は目を覚ました。

カーテンを開け放されたままの窓からは、明るくなり始めた空が見えていた。

朝になったせいで、貞操帯をつけられたままのペニスが芯を持ち始めている。

鈍い痛みに眉を顰め、漣は気を紛《まぎ》らすように夜の闇が払われたばかりの空の青さを見つめた。

キングサイズのベッドの中、鷺沼は漣から四十センチほど離れたところで、安らかな寝息を立てて眠っている。

考えてみれば、こんなに長い時間、貞操帯をつけているのは初めての経験だった。

ペニスチューブの中で充血したペニスが、存在を主張し解放を求めていた。

痛みは次第に激しさを増し、我慢しようとすると冷や汗が流れる。

貞操帯、舐めてたな。

鷺沼を起こして痛みを訴えても、多分、外してはもらえないだろう。

それどころか、また悪い子だと決めつけられて叱責されかねない。

漣の脳裏に、昨夜のバスルームでの屈辱が、生々しく蘇っていた。

東京タワーの灯りが消えるのを、漣はシャンパンを飲みながら鷺沼と一緒に見た。

それから、鷺沼の手で着ていた振り袖を脱がされ、ウイッグも外し貞操帯だけの素裸にされると、バスルームへ連れていかれた。

素っ裸になっても漣は生きた人形だから、何一つ自分ですることは許されなかった。

バスタブへ入れた漣の全身を、鷺沼が撫でさするようにして洗ってくれた。

何よりも漣に羞恥を感じさせたのは、鷺沼が着衣のままだったことだ。

上着こそ脱いだものの、シャツの袖をまくっただけの鷺沼に、貞操帯をつけたペニスも、双丘《そうきゅう》の狭間《はざま》も、恥ずかしいところを余すところなく見られ洗われたのである。

漣は知らなかったが、ペニスチューブの下の方に洗浄用の小さな穴が開いているらしい。

鷺沼はそこからシャワーのお湯を流し込み、漣のペニスを洗ってくれた。

その水流が、一番敏感な先端を直撃し、漣は堪えきれずに声をあげてしまった。

「よい子は、そんなはしたない声をあげたりしない」

厳しい顔でそう叱責され、漣は鷺沼に初めて折檻《せっかん》されてしまった。

折檻と言っても、別に打たれたり蹴《け》られたりするわけではない。

ベルフールの規則で、男娼の身体に傷をつけるようなことは許されていないのだ。

でも、そんなことをしなくても、鷺沼はシャワーだけで充分に漣を泣かせることができた。

何度も何度も、ペニスチューブの中へ流されたお湯で先端を刺激され、当然ながら漣のペニスは充血し勃起《ぼっき》しようとした。

だが、プラスチックのチューブに阻《はば》まれ勃起は叶わない。激しい痛みに、堪えきれず漣は泣いた。

「お願いです。もう許してください。これを外して、一度だけ、達かせてください」

プライドを投げ捨て懇願しても、鷺沼は許してくれなかった。

「いい子は、そんな浅ましいことは言わないよ」

バスルームから連れ出した漣を、鷺沼は裸のままソファに座らせると身じろぎすることも禁じた。

素裸に貞操帯だけという屈辱的な姿のまま、漣は淫らな劣情が鎮まるのを、啜《すす》り泣きながらただひたすらに待つしかなかった。

腰を揺らめかせ身悶《みもだ》えていた漣の衝動が治まっていくに連れ、冷たく見据えていた鷺沼の目にも和らいだ光が戻っていた。

「悪い子にはお仕置きが必要だ。汀はもういい子に戻ったかな」

「はい。ごめんなさい。汀は悪い子でした。もうしませんから、許してください」

涙を流して赦《ゆる》しを請《こ》うと、鷺沼は愛しげに髪を撫でてくれた。

そして、漣に女物の白いレースのTバックを穿かせ、透け透けのキャミソールのようなナイトウエアを着せた。

どちらも肌触りのよい高級品だったが、裸でないだけマシという程度の恥ずかしい代物だった。

それでも、「ありがとうございます。嬉しいです」と漣は丁寧に礼を言った。

「疲れただろう。さあ、いい子はもう寝る時間だよ」

日本人形からベビードールに変わった漣を、鷺沼はベッドまでお姫様抱っこで運んだ。

だが、キングサイズのベッドに同衾《どうきん》しても、鷺沼は漣の身体を求めようとはしなかった。

本当の恋人同士だったら、きっと悶々としてしまって眠れないのに違いない。

なるほど、鷺沼の相手はなんでも従順に言うことを聞く、男娼でなければ務まらないだろう。

鷺沼が眠ってしまってからも、漣は本当に人形になったようにぼんやりと目を開けたまま、窓の外の夜景を眺めていた。

音もなく瞬《また》き、渦を巻く光の海の中で、灯りの消えた東京タワーが黒々と岩のように沈んでいた。

隆一達は、ベッドで抱き合って眠っているだろうか。

目の中で夥《おびただ》しい光が不意に滲み、こめかみから涙がこぼれ落ちた。

泣いているところなど、鷺沼に見られてはならない。泣き腫らした目で、朝の挨拶をすることはできない。深く静かに息を吸い込み、漣は波立ってしまった感情を宥め鎮めた。

それから、鷺沼を起こさないように気遣いながら、指先でこっそり涙を拭った――。

「目が覚めたのか?」

鷺沼の声に、漣は物思いから引き戻され顔を向けた。

「おはようございます」

「うん、おはよう。よく眠れたかな」

「はい」

漣の返事に満足げにうなずいて、鷺沼はゆっくり起き上がった。

そのきっちりとパジャマを着込んだ姿に、漣はひっそり苦笑した。

とても、金で買った男娼をホテルの部屋へ連れ込み、一夜をともにした男とは思えない。

「シャワーを浴びたら朝食にしよう」

「はい」

「どうする？　レストランへ行くか、それともルームサービスを頼んでここで食べるか」

レストランなら、周りの目があるから、鷺沼に食べさせてもらわずとも、自分で食事ができるかもしれない。でも、部屋を出るには、女装をしなければならないだろう。

昨夜は男だとバレずにすんだけれど、朝の明るい光の中では、やはり違和感があるのではないか。

何より、もしも隆一達と一緒になってしまったりしたら——。

「ここで食べたいです。ふたりきりで……」

「そうか、そうか。それじゃ、そうしよう」

しごく満足げな笑みを浮かべ、鷺沼は漣を抱き上げた。

鷺沼にシャワーを浴びさせてもらった漣は、バスローブのままルームサービスで運ばれてきた朝食を食べさせてもらった。

ぴったりと寄り添うように座った鷺沼が、コーンポタージュを一匙《ひとさじ》一匙飲ませてくれ、クロワッサンをちぎって口に入れてくれる。

促されるままに咀嚼《そしゃく》して飲み込みながら、隆一達はどうしているだろうと思った。

至福の一夜を過ごし、朝の光が射し込む明るいレストランで朝食を摂《と》っているのだろうか。

それとも、ルームサービスを頼み、ふたりきりで甘いひと時を過ごしているのかもしれない。

連れの男性と話していた時の、隆一の笑顔を漣は思い浮かべた。

和らいだ、とても自然な笑みだった。

隆一が幸せそうでよかった。

鷺沼にヨーグルトを食べさせてもらいながら、心からそう思っていた。


初めて足を踏み入れた玖木の執務室は、二十畳あまりの広さがあった。

実用第一主義なのか、装飾の類は一つもなく、なんとなく殺風景な印象の部屋だった。

地下だから窓は一つもないが、天井が高いせいで暗さや圧迫感はない。

左右の壁はすべて折り戸になっていて、部屋のほぼ中央に革張りのソファセットが置かれ、その向こうにどっしりと重みを感じさせる紫檀《したん》の両袖机があった。

その両袖机の向こうで苦い顔をしている玖木の前に、漣はしょんぼりと立っていた。

「ふた晩続けて、客からクレームが入るとはな」

分厚いファイルを、傍らのブックラックワゴンに載せながら、玖木が嘆くように低く言った。

「申しわけありません」

肩を窄め、悄然《しょうぜん》とうなだれた漣を見て、玖木は微かに苦笑したようだった。

「鷺沼さんは、お前をことの外気に入っているようだが。いっそ、鷺沼さんの専任になるか」

「えっ……」と、漣は口ごもり、視線をうろつかせた。

「鷺沼さん専任となると、剃毛《ていもう》してもらうことになる。陰嚢《いんのう》タックを覚えないとならないからな」

「……い、陰嚢タック……？」

「玉も袋も体内へ押し込んで、女性の股間そっくりのラインを作ることだよ」

漣は目を見開いた。

「そんなことが、できるんですか？」

「できるよ」と玖木はこともなげに言った。

「袋を裏返す要領で、下腹の皮下脂肪の裏側へ押し込むんだ。もちろん、ペニスも隠すことになる。出てきてしまわないようにテープや接着剤で止めることになるから、剃毛は不可欠になる。鷺沼さんには、ほかの仕事に支障が出るからと言って、貞操帯で我慢してもらっているんだ。でも、専任なら我慢してもらう必要もないからな」

「接着剤って……」

あんな敏感なところに接着剤なんかつけたら、肌がどうかなってしまうのではないか。

ぎょっと青ざめた漣の顔を見て、玖木は薄く笑った。

「剝離剤《はくりざい》を用意してやるから、心配するな。それに、高額なオプション料金が発生することになるから、お前の手取りも増えるし悪い話じゃないと思うぞ」

平然とした顔で、玖木はビジネスライクに言い放った。

「この間も、鷺沼さんとホテルに二泊もして、プレゼントもたくさん買ってもらったんだろう？」

ぎくしゃくと、漣は小さくうなずいた。

鷺沼と一緒に東京タワーの見えるホテルに泊まった翌日、漣は朝から街へ連れ出された。

振り袖からベルベットの衿のついた清楚なお嬢様風のワンピースに着替え、赤いパンプスを履いた漣とともに、鷺沼は趣味だという美術館巡りをしたりして終日上機嫌だった。

従順に人形として振る舞う漣に、鷺沼はブランド物のバッグやアクセサリーなど、漣が慌ててしまうような高価な品を惜しげもなく買ってくれた。

ただし、残念ながらすべて女物なので、普段、漣が使うことはできないのだが――。

「相当な執着だな。早晩、お前を身請《みう》けしたいと言い出すだろうと、俺は踏んでいるんだが……」

「えっ……？」

「借金をすべて肩代わりして、お前を籠の鳥として飼おうということだよ。鷺沼さんはずいぶん前に奥さんを亡くして独身だが、確か事業を継がせた息子夫婦と同居しているはずだ。さすがに、そこへお前を住まわせるわけにはいかないだろうから、マンションくらいは買ってくれると思うぞ」

そんなことになったら、自分はずっと女装して暮らさなければならないのだろうか。

自由も何もない、鷺沼の生きた人形として――。

いくら借金を肩代わりしてもらえても、それだけは絶対に嫌だった。

返事に詰まった漣の表情を見て、玖木は低く笑った。

「嫌か。だったら、鷺沼さん以外の客も満足させられるようになってもらわなければ困る」

「……はい」

「今週末、お前には予約が入っている。新しくウチの会員になった客だ。この間のパーティで、お前を見初めたそうだ。どうしてもお前を抱きたくて、わざわざ大枚《たいまい》を払って会員になったという客なのに、肝心のお前がそんなていたらくでは、俺も支配人として客に合わせる顔がない」

昨日《きのう》、一昨日《おととい》と、二晩続けて、漣はサロンで客に指名された。

ふたりとも、外へは行かず、館内のスイートルームで漣を抱くことを望んだのだが――。

ベルフールの男娼になってから初めてのノーマルな客だったのに、経験が乏しいからなのか漣はどうしても勃《た》たなかったのである。

身も蓋もない言い方をすれば、漣は抱かれる立場なので勃たなくてもセックスに支障はない。

だが、客から見れば、漣がその気になっていないのがあからさまで興醒めということなのだろう。

一昨日の客は、まるでレイプでもしているようで萎《な》える、と怒り出し、呼びつけた玖木にも不機嫌を隠さず文句を言った。

そして昨日の客は、俺に抱かれるのはそんなに嫌か、と声を荒らげ、漣を部屋から追い出した。

どんなに従順を装っても、抱き寄せられ口づけされただけで、ゾッと寒気がして鳥肌が立ってしまっていては勃起するどころの騒ぎではない。

どちらの客にも、せめて口で奉仕させてくださいと、跪いて詫びたが許してはもらえなかった。

「エル・ド・ランジュでも、身持ちが堅いので有名だったらしいが。まさかと思うが、不能を隠していたわけじゃないだろうな。だとしたら、重大な契約違反だぞ」

契約違反だとされてしまったら、高額な違約金を課されてしまう。

それでなくとも借金を抱えているのに、この上、違約金まで払わなければならないとなったら、それこそ鷺沼に身請けされるより道がなくなってしまう。

「ち、違います」

驚いて否定した漣の顔を、玖木は数瞬、探るように見てから、やおら立ち上がった。

「確かめさせてもらおう」

玖木が折り戸の一つを開けると、そこは隣室への出入り口になっていた。

「入れ」

言われるままおずおずと入った部屋は、執務室の半分ほどの広さだったが、執務室ほど無味乾燥ではなかった。

木製の大きなガラス戸棚《とだな》とライティングビューロー、それにソファとテーブル。家具はすべて、アンティークのようだった。

壁際に、シーツがかけられただけの、セミダブルのベッドが一台据えられていた。まるで、病院の診察ベッドのように見える。

「全部脱いで、そこに寝なさい」

まさか、ここで玖木自ら、漣を抱こうというのだろうか。

漣は微かに頰を強張らせたが、有無を言わさぬ玖木の声音《こわね》には逆らえず、諦めて小さくうなずいた。

まずジャケットを脱ぎ、どこへ置こうかちょっと迷ってから、ベッド脇のサイドテーブルに置いた。

それからシャツのボタンを外そうとしたが、緊張と不安で指先がふるえ巧くいかない。

もたつく漣を急《せ》かすでもなく、玖木は腕組みをして壁によりかかって立っていた。

怒っているのか、それとも改めて値踏みしているのか、服を脱ぐ漣を見つめる玖木の顔には、およそ表情と呼べるものは何も浮かんでいなかった。

それなのに、玖木の視線には肌を突き抜け、身体の内側まで覗き込んでくるような怖さを感じる。

どうしよう……、と、漣は今にも破裂しそうな不安に身をふるわせた。

もしまたここで勃たなかったら、今度こそ役立たずの烙印を押されてしまうのだろうか。

全裸になると、羞恥を堪えおずおずとベッドへ上がった。

「きれいな身体をしている。肌のキメも細かいし、抱き心地のよさそうなそそる身体だ」

ベッドサイドに立った玖木が、冷たい目で見下ろし淡々とした口調で感想を述べる。

なんだか、本当に病院で診察を受けているような気がしてきた。

「うつ伏せになって、腰を上げろ」

「……はい」

何をされるのかと不安で堪らないが、余計なことを言ったら叱られそうで訊くこともできない。

のろのろと身体の向きを変え四つん這《ば》いになった漣の双丘を、玖木の手が無造作に割り開いた。

ビクッとふるえ、拒絶するように腰を引きかけた漣を、玖木が短く叱責した。

「こら、じっとしていろ。痛いことはしないから、安心しろ」

「……すみませ……あっ……」

なんの前触れもなく、指先で後孔《こうこう》に触れられ、漣は思わず言葉を途切れさせた。

さらさらと乾いた指先が、敏感な入り口を撫でるように擦《こす》りくすぐっている。

「色もきれいだし、襞《ひだ》も乱れていない。窄まった形もいい」

セックスの最中でも恥ずかしいのに、こんな風に冷静に観察されては、羞恥に身を焼かれるような気がする。ぎゅっと目を閉じ、漣はシーツを握り締めた。

玖木は漣の後孔に潤滑剤《じゅんかつざい》を垂《た》らすと、入り口の襞を丁寧に解し始めた。

そのむず痒《がゆ》いような感触に、我知らずうずうずと腰が揺れてしまう。

あまりのはしたなさに恥じ入る思いでいると、不意に奥深くまで指を挿《さ》し込まれ、漣は「ひっ」と小さく悲鳴をあげた。

「なるほど、あまり経験はなさそうだな」

低く呟きつつ、玖木の指が内奥をぐるりとかき回した。

まとわりつく粘膜《ねんまく》を揉むように押し広げられると、腰から背中まで快感がさざ波のように広がってくる。間違っても声など洩らすまいとして、漣は必死に唇を噛み締めた。

「そんなに固くならなくていい。もっと楽にして快感に身を委ねていろ」

宥めるように言いながらいったん指を引き抜くと、今度は指先だけを含ませてきた。

「ゆっくり締めてみろ。……そうだ。次は、息を吐きながら静かに弛《ゆる》める。もっとだ、そう……」

指示どおり、漣は懸命に括約筋《かつやくきん》を引き締めたり弛めたりを繰り返した。

玖木は挿し入れた指先を動かしていないのに、漣が括約筋を引き締めると潤滑剤をまとわせた指が誘い込まれるようにズルっと中へ入り込んでくる。

逆に弛めると、ぬるりと抜けていく。でも、指先が入り口の敏感な襞に引っかかり、抜けそうで抜けない。その、もどかしいような感覚に、漣の背筋が微かにふるえた。

「感度は悪くないようだな」

低い声に、漣はカーッと頬を火照らせた。

「恥ずかしがることはない。ここは、誰でも感じる性感帯なんだ。もう一度、ゆっくり締めて……。そんなに力を入れなくていい。もっと自然に……。そうだ」

言われるまま何度も繰り返すうち、少しずつ息が荒くなり、漣の肌はしっとりと潤い始めていた。

うっかりすると、鼻にかかった喘《あえ》ぎ声が洩れてしまいそうになった頃、不意に玖木が指を二本に増やし奥深くまで挿し入れてきた。

「…あっ……」

「怯えるな。今、もっと気持ちよくさせてやる」

玖木の指が、身体の奥深くで探るように蠢《うごめ》いている。

思わず、括約筋をきゅっと引き締めると、余計に玖木の指を奥へと呼び込んでしまった。

四つん這いになったまま、両手でシーツを握り締めていた漣は、不意に全身を貫いた鋭い快感に身体を跳ねさせた。

「ひっ……」

「お前のいいところは、ここか……」

探り当てた前立腺《ぜんりつせん》の凝《しこ》りを、玖木は指先で確かめるようになぞってから強く擦り上げた。

「――――っ！」

声もなく仰《の》け反《ぞ》り、漣は全身をガクガクとふるわせた。

「ちゃんと勃ってるじゃないか」

股間に手を入れ、玖木は先走りに濡れ始めた漣のペニスを包み込むように握った。

「あっ、さ、触らないで……くだ…さい」

親指の先で先端を丸くたどられ、ゆっくりと扱《しご》かれると、四つん這いの太股《ふともも》がぶるぶるとふるえた。

「やっ……、い……や…ぁっ……」

身体の内と外、両方を刺激され、言葉は不自然に途切れ跳ねた。

「どうして？　このままでは、お前だって辛いだろう」

ただでさえ、恥ずかしくて泣きそうなのに、息一つ乱れていない声で冷静に指摘されると、身体中を羞恥でくるまれたような居たたまれなさを感じる。

「あっ、あっ……」

「いいぞ、達って。達くところを、しっかり俺に見せろ」

「そんな…っ……、やだ……あっ、あぁぁっ……」

抗《あらが》いようもなく追い上げられ、漣は玖木の手の中に白濁《はくだく》を吐き出した。

がっくりとシーツに突っ伏し、肩で荒い息をついている漣から、玖木はあっさりと指を引き抜いた。

途端に、漣は支えを失ったように、ベッドに頽《くずお》れた。

「仰向けになっていいぞ」

ティッシュペーパーで手を拭いながら、玖木は何事もなかったように言った。

「……あの……、もう、服を着ていいですか？」

「ダメだ。そのままでちょっと待て」

アンティークのガラス戸棚を開けながら言った玖木は、ベルトのような物を持って戻ってきた。

そして、漣の右足を無造作に摑むと、胸につくほど深く折り曲げさせ、そのまま一纏《ひとまと》めに固定した。

「なっ、何を……する…んですか……」

「いちいち、そんなに怯えるな。痛いことはしないから、安心しろと言っただろう」

何をされるのか分からない不安と恥ずかしさで、漣のペニスは再び竦むように縮こまっていた。

それを見て、玖木は仕方なさそうに苦笑している。

「感度がいい分、神経も繊細か。なるほど、嫌な客に指名されただけで勃たなくなるはずだ」

「……すみません……」

「汀、もっと図太くなれ。そうでないと、ここでは生きていけないぞ」

諭すように言い聞かせながら、玖木は上着のポケットから奇妙な形をした物を取り出した。

「これが何か分かるか？」

漣は首を振った。

「エネマグラと言って、アメリカで開発されたＥＤ治療のための前立腺マッサージ器具だ」

玖木が見せてくれたエネマグラは、シリコン製でアルファベットのＴのような形をしていた。ただし、Ｔの上の横棒は飾り文字のような曲線を描き、縦棒に当たる部分はぽってりと中太にできていた。

九センチほどの長さのそれが、男性器を模《も》していることは漣にもすぐ分かった。

縛ってある右足をベッドにつくほど押し開くと、玖木は漣の中へエネマグラの先端を押し込んだ。

先ほど、玖木が念入りに解してくれたおかげか、痛みはなかった。ただ、強烈な異物感を感じる。

目を閉じて唇を嚙み締め、異物が入り込んでくる生理的な嫌悪感に堪えようとする。

身体を固くしていた漣は、不意に感じた違和感にハッと目を見開いた。

「えっ？　……勝手に奥へ入ってくる」

「さっきの練習の成果が出たな。括約筋が動いて、自らこれを呑み込んでいるんだ。じっとしていれば、すぐ前立腺に当たる」

玖木の言葉通り、エネマグラは漣の体内で、己の居場所を探るかのように動いていた。

確かにシリコンでできた作り物のはずなのに、なんだか生き物のようにも感じられて怖い。

「く、玖木さん……」

思わず、縋るように呼んだ漣を、玖木はあくまで冷静に観察するように見下ろしていた。

「射精管と会陰《えいん》にも当たっているだろう？」

ガクガクと漣はうなずいた。

双嚢《そうのう》の裏側に、エネマグラの曲線を描いた部分が当たり、グッと押し上げるように刺激してくる。

「その感覚をしっかり覚え込め。客に抱かれてもしも勃たないと思ったら、自分でこっそりそこを刺激して勃たせられるくらいにならなければダメだ」

「…そん…っな……こと……」

できるわけないと言いかけた漣を、身体の方があっさり裏切った。

水から出された魚のように、漣はビクビクと身をふるわせた。

「あっ……、どうしよう……。なんか、なんか……へ…んっ……」

身体の奥深くから、強烈な快感が突き上げてくる。そのあまりの激しさに怖くなり、漣は思わず手を伸ばし自分を穿《うが》っているエネマグラを抜き取ろうとした。

「こらダメだ……」

でも、触れる寸前で、玖木に手を摑まれてしまった。

玖木は革手錠を取ってくると、漣の両手首につけ、万歳をするようにヘッドボードに繋いでしまった。玖木の目に脇の下まで晒す屈辱に、漣の体温がまた少し上がった。

肩で喘ぎながら、漣は恨《うら》めしげに玖木を見上げた。

「なんだ、そんな色っぽい目ができるんじゃないか。出し惜しみをしないで、客にもその悩ましげな表情を見せてやれ」

そんなことを言われても、自分が今どんな顔をしているのかさっぱり分からない。

ただ身体中が燃えるように熱くて、頭がクラクラしていた。

「達く……、達っちゃう……あっ、ああっ……」

背筋を反らし、半ば悲鳴のような艶めかしい声をあげ、漣はエネマグラの刺激に引きずられるように白濁を噴き上げた。

どちらかというと、生来淡泊《せいらいたんぱく》な質《たち》の漣とは思えないほど、それは濃く大量だった。

しかも、一度ではすまなかった。

ドクドクと、堰を切ったように溢れ出るものを、どうにも止められない。

「あっ、ま…またっ……く…る。……ヤダ、もうやだ……」

唯一自由になる左足の踵でシーツを擦り、身体の奥深くから突き上げる快感を逃がそうとした。でも、逆巻《さかま》くような悦楽の波に翻弄《ほんろう》されるばかり。

シーツの上を彷徨《さまよ》っていた左足が、不意に硬直したようにピンと伸びた。同時に、両の爪先がぎゅっと内側へ丸まる。

焦点の合わない目を見開いたまま喉を反らせ、痙攣《けいれん》しながら吐精《とせい》し続ける漣を、玖木はソファに座って足を組みじっと観察するように見つめていた。

「ずいぶんとまた、溜め込んでいたようだな」

揶揄《やゆ》され、全身が羞恥にくるまれると、それが呼び水になったように絶頂感が襲いかかってくる。

「み…見ない…でっ……。見ないで…くだ…さい……っ……」

「俺を客だと思え。達くところを見せろと客に言われたら、お前に拒否権はない」

「ああっ……」

甘く掠《かす》れた悲鳴をあげ、漣はもう何度目か分からなくなった絶頂を迎えた。

「数分置きに、何度も繰り返しオルガズムがやってくる。そのうち、ドライでも達けるようになるはずだ。お前はここで商売をして生きていくんだろう？　なら、もっと強《したた》かになれ。快感をきっちり身体で覚え込み、コントロールできるようになるんだ」

教え諭すような玖木の言葉は、もう漣の耳には届いていなかった。

際限なく押し寄せてくる悦楽の渦に飲み込まれ、髪を振り乱して身悶える。

掌に爪が食い込むほど強く握り締めても、強烈すぎる快感に堪えられない。

「……助けて……、たす…け………」

隆一さん……、と呼びかけたのを、辛うじて残った理性がすんでのところで押しとどめた。

自分のこんな浅ましい姿を見たら、隆一はなんと思うだろう。

軽蔑され、嘲笑《ちょうしょう》されるに決まっている。

閉じた瞼の裏に、恋人と笑みを交わしていた隆一の姿が浮かんでいた。

途端に溢れた涙が、こめかみを伝わり流れ落ちていく。

喉奥から迸《ほとばし》るような嬌声《きょうせい》をひっきりなしにあげながら、漣はけして手が届かない隆一の幻を追い求め続けた。


ベルフールの最高級スイートルームの前に立ち、漣は波立つ気持ちを鎮めるように深呼吸をした。

ドアの向こうでは、アルカンジュのパーティで漣を見初め、わざわざ大金を支払ってベルフールの会員になったという客が待っているはずだった。

どんな客か分からないが、そこまでして漣に会いに来てくれたというのに、もしもまた期待を裏切るようなことになったらと思うと不安で胸が締めつけられる。

漣は、望んで男娼をしているわけではない。でも、そんな都合は、客には関わりのないことだった。

仕事として男娼を選び、ここにいる以上、客が払ってくれる対価に相応しいサービスをする義務が自分にはある。

頭では分かっているつもりなのだけれど、心がどうしてもついていかない。客に抱き寄せられただけで、逃げ出したい気持ちを抑えるので精いっぱいになってしまう。

ここで商売をしていくつもりなら、もっと強かになれ、と玖木に叱られた。

確かに、そのとおりだと思う。やはり自分はまだ、腹の括《くく》り方が足りないのだ。

玖木の言葉を反芻《はんすう》するように自分に言い聞かせ、もう一度深く息を吸い込んでから、漣は意を決し呼び鈴《りん》を鳴らした。

玖木からは、客はもう部屋へ入ったと聞いていたが、ドアは閉じられたままで返事もなかった。

もう一度呼び鈴を鳴らしてみたが、やっぱり客は留守のようだった。

なんだか肩すかしを食ったような気分で、漣は閉まったままのドアを見つめた。

もしかしたら、見物がてらサロンへ酒でも飲みに行ったのかもしれない。それなら部屋で客の戻りを待っていようと思い、漣はポケットから出したカードキーでドアを開けた。

部屋の中は明るかったが、しんと静まり返っていた。

「失礼します」

一応、声をかけながら部屋へ入る。そっとドアを閉め、再び深い息をついた。

廊下とドア一枚隔《へだ》てただけなのに、異世界へ足を踏み入れたような緊張を覚える。

神経が張り詰めるだけ張り詰めて、なかなか次の動作へ移ることができない。

数瞬、ドアを睨むように見つめてから、漣はゆっくりと室内の方を向き直った。

そしてそのまま、愕然《がくぜん》と目を見開き立ち竦んだ。

ひゅっと音を立てるほどの勢いで吸い込んだ息を、吐き出すのも忘れて目の前に立つ男を見つめる。

いつ、どこから現れたのか、そこには芦崎隆一が腕組みをして立っていた。

「……隆一さん。どう…し…て……」

「笠原さんに頼み込んで、ここの会員になれるよう口を利いてもらった」

そうまでして会員になっておきながら、漣との再会を喜んでいる様子は微塵《みじん》もなく、隆一は憮然《ぶぜん》とした表情で言った。

頭が混乱して、何がどうなっているのか、漣にはさっぱり分からなかった。

新たに会員になったという客が、まさか隆一だとは思わなかった。

夢でも見ているのではないか、と漣は何度も瞬《まばた》きをした。

もしも夢だとしたら、これは悪夢なのだろうか、それとも——。

隆一は、見るからに仕立てのよさそうな濃紺のスリーピースにウイングカラーのホワイトシャツを合わせ、ペイズリー柄のアスコットタイを、結ぶのではなくシルバーのタイリングで止めていた。

まさに、水際だった男振りである。

なんてカッコイイんだろう。

こんな状況だというのに、うっかり見惚れてしまい、漣はそんな自分に呆《あき》れうっすらと苦笑した。

「何がおかしい」

咎めるような声に、漣は「別に……」と首を振った。

「ちょっと驚いただけ。まさか、隆一さんがここの会員になるなんて思わなかったから」

「ふん」と、隆一は鼻を鳴らした。

「それにしても、ここの会費のバカ高さは半端じゃないな。しかも、偉そうに、審査に通らなければ、いくら金を積んでも会員にはなれないときた。客を完全に見下している」

憤然とした口調で言われ、漣は困ったように首を傾げた。

「だったら、大金を使って、どうしてわざわざ会員になんかなったの？」

「お前がどれくらい変わったのか、この目で確かめてみようと思ったからだ」

「えっ……」

真っ直ぐに目を見つめて言われ、漣は言葉に詰まった。

「何があったんだ？　いくらなんでも、お前は男娼なんかするヤツじゃなかったはずだ」

「……何がって……、この間、言ったとおりだよ」

刺すような隆一の視線から目を逸らし、漣はいくぶん早口で自嘲気味に言った。

「僕は、お金が欲しいんだ。ここなら……」

「金離れのいいパトロンを見つけるだけなら、何も身体を売る必要はないだろう。ホストを続けたって、よかったはずだ」

「僕がどこで何をして稼ごうと、もう隆一さんには関係ないじゃない。ほっといてよ」

ことさらに語気を強めて言い返した時、漣の脳裏に、見知らぬ男と肩を寄せ合っていた隆一の姿が浮かんでいた。

ちゃんと、恋人がいるくせに——。

僕のことなんか、もうなんとも思ってないくせに——。

八つ当たりにも似た、拗《す》ねたような苛立《いらだ》ちが込み上げて、胸の奥が灼《や》けるように痛む。

「まさかと思うけど、僕にそんなくだらない説教をするために、目の玉が飛び出るような大金を使ってここの会員になったわけじゃないよね」

癇癪《かんしゃく》をぶつけるように言い放つと、漣は隆一の返事を待たずリビングへ行った。

クラシカルに設えられたリビングのテーブルには、ベネチアングラスの花器に深紅のバラが溢れんばかりに活けられ、ウエルカムフルーツを盛り合わせた脚付きのサルヴァが置いてあった。

凝《こ》った細工を施したピューターのワインクーラーではシャンパンが冷やされ、クリスタルグラスも用意されている。

「そんなところで、いつまでも立ち話してても仕方がないよ。こっちへ来て座らない?」

いかにも物馴れている風を装い、漣は自分を奮《ふる》い立たせるようにして快活に言った。

「隆一さん、今日が初めての来館だからって、支配人がウエルカムシャンパンを入れてくれたんだ。それでも開けて飲もうよ。それとも、せっかくだからサロンへ行ってみる? 隆一さん、お腹は空いてないの? ここ、料理も最高だよ」

漣が懸命に取り繕った笑顔を、隆一はきれいに無視した。

険しい目で見据えられ、背筋に冷や汗が流れていく。

「漣、もう一度訊く。何があったんだ。俺に別れ話を持ち出した時に言ってた、金持ちの恋人ができたという話も本当は嘘だったんじゃないのか？」

ギクリと微かに肩が揺れてしまい、漣は隆一から顔を背け唇を噛み締めた。

隆一が、どうして今さらそんな話を持ち出してくるのか分からない。

返事をしない漣に、隆一は大股で歩み寄ってきた。

「本当は、金が必要になったのは漣じゃなくて、親父《おやじ》さんだったんじゃないのか？」

「えっ……」

髪を乱して振り向いた漣の双眸《そうぼう》を、隆一は探るように見つめた。

「まさか、お前が男娼になってるとは思わなかったから、この間は後頭部をいきなりぶん殴られたようなショックを受けた。でも、冷静になって考えたら、お前が理由《わけ》もなく身体を売ったりするはずがない。何か必ず、事情があるはずだと思った。だが、なんだってお前がそんなことをする必要があったのか。どうしても気になって調べたんだ。お前が俺に別れたいと突然言ってきた頃、間宮精密加工は経営危機に陥っていた。もしかして、親父さんの会社の資金繰りのために、お前は俺と別れてホストになったんじゃないのか？」

身体が揺れているのではないかと思うくらい、心臓がドキドキと不安定に暴れていた。

内心の動揺を悟られまいと、漣は意志の力を総動員して、必死に隆一の目を見つめ返した。

まさか、隆一が過去にまで遡《さかのぼ》って自分のことを調べるとは、正直なところ思ってもみなかった。

嬉しかった。鼻の奥がつんと熱くなって、うっかりすると涙ぐんでしまいそうなくらい嬉しかった。

今ここで、何もかもすべて打ち明けて、隆一の胸に泣き縋ってしまえたらどんなにかいいだろう。

隆一を失ってから、漣の時間はずっと止まってしまったままだった。

行き場を失った、消えることのない想いを呑み込んだまま、冷たく凍りついた時の流れを、今ここでもう一度揺り動かすことができたなら――。

それは、とてつもなく甘く魅力的な誘惑だった。

それでも、今にも崩れ落ちそうになった気持ちを懸命に叱咤して、漣は喉元まで出かかった嗚咽を辛うじて呑み込んだ。

隆一の傍らには、あの夜、ホテルで見かけたあの人がいる。

今さら隆一に窮状を訴えても、漣に戻る場所はもうなかった。

隆一が、ベルフールの会員になった真意は分からない。さすがに、自分に会うためだけに、驚くほどの大金を使ったなどという話を鵜呑《うの》みにするほど、漣はおめでたくできてはいなかった。

おそらく、隆一の真意はどこかほかにあるのに違いなかった。

そうでなければ、恋人がいる身で、男娼を買いに来るようなことをするはずがない。

アルカンジュのパーティで一緒だった笠原とは、仕事関係の繋がりがあるらしい。

隆一がどんな仕事をしているのか知らないが、ベルフールの会員になったのも笠原の口利きだったことを合わせれば、やはり仕事上のつき合いのようなものだと考えるのが妥当な気がした。

でも、理由はどうあれ、隆一は漣のことも気にかけ、なおかつ信じようとしてくれた。

それだけで充分だ、と思った。

身の程知らずに、これ以上のことを望んだりしたら罰《ばち》が当たる。

そう思ったら、それまでの動揺や困惑が、すうっと潮が引くように鎮まり消えていった。

「そうだよ。父さんの会社の経営が思わしくなくなって、それで水商売に入ることにしたんだ」

「やっぱり……」

「勘違いしないで」

隆一の言葉を遮《さえぎ》り、漣はきっぱりと言った。

「僕がホストになったのは、父さんのためじゃない。小さい頃から、父さんは僕を厄介者扱いしてきたんだ。それなのに、父さんのために僕がそんなことする義理はどこにもないよ。僕がホストになったのは、会社が危なくなって、小遣いもろくにもらえなくなったから。欲しい物はたくさんあるし、友達に誘われても遊びに行くお金もないなんて惨めじゃない。アルバイトでもしようかと思ってたら、たまたまホストにならないかってスカウトされたんだ。すごく稼げるって聞いて、やってみる気になった。それだけの話だよ」

立て板に水のように一気に言い切ると、本当にそれが真実だったように思えるから不思議だった。

「隆一さんは、僕を買い被りすぎなんだよ」

「漣……」

「それより、今日はどうする？　せっかく大金を払って会員になったんだし、僕を抱いていく？　それとも、この間みたいに、平手打ちして怒って帰る？」

ふふ、と漣は俯きがちに笑った。

「この間は、痛かったなあ……」

隆一に打たれた頰に手をやって、上目遣いに隆一を見た。

玖木に言われた、色っぽく悩ましげな表情が、ちゃんとできているだろうか――。

「僕はどっちでもいいけど？」

言い終わらないうちに腕を摑まれ、漣は隆一に引き寄せられ抱き込まれていた。

慕わしい胸に顔を埋めると、シャープでモダンなコロンの匂いが鼻腔《びこう》をくすぐった。

コロンなんて、漣とつき合っていた頃の隆一は使っていなかった。

漣も変わってしまったけれど、隆一ももうあの頃の隆一とは違うのだ。

それはそうだよね、ベルフールの入会金や会費をポンと支払えるようになったんだもの――。

やっぱり、昔のふたりには、もう戻れない。

何より、今の隆一には、相応しいちゃんとした恋人がいる。

スパイシーフローラルな香りを切なく嗅《か》ぎながら、隆一の恋人に申しわけないと漣は思った。

でも、今だけ――。

今ひと時だけ、儚い夢を見ることを、どうか許して欲しい。

ひっそりと悲哀を嚙み締めながら、漣は祈るように思っていた。


激しい雨がガラス窓を叩く音で、漣は深い眠りの底から浮かび上がるように目を覚ました。

見馴れない天井の漆喰《しっくい》装飾と豪華なシャンデリアを、数瞬、ぼんやりと見上げる。

「……ああ、そうか……」

昨夜、思いがけず再会した隆一に、久しぶりに抱かれたのだった。

シーツの中、手を静かに滑らせたが、そこには誰もいなかった。

「……隆一さん？」

呼びながら起き上がろうとして、自分が全裸のままなのに気がついた。

シャンデリアの灯りを避けるように片手で目を覆い、昨夜の出来事を思い返した。

リビングで隆一に抱き寄せられ、そのまま寝室へ引きずり込まれた。

ほとんど突き飛ばされるようにベッドに押し倒され、半ばレイプのように裸に剝《む》かれた。

隆一は少しも優しくなかったのに、漣は隆一にのしかかられただけで恥ずかしいほど昂《たかぶ》った。

欲望を剝き出しにした隆一の熱い息が耳朶《じだ》を掠めただけで、背筋が痺れるような快感を覚えた。

隆一の息が荒く乱れるにつれて、漣の興奮のボルテージも急上昇していった。

どうしても勃たないと、客からクレームがついた男娼とは、とても思えない乱れっぷりだった。

自分がどれほど浅ましい痴態《ちたい》を晒したのか、記憶は朧気《おぼろげ》だったが、身体ははっきり覚えていた。

鉛でも詰め込まれたように、腰が重く怠かった。太股の内側の筋肉も鈍く痛んで、力が入らない。

薄いレースのカーテン越しに見える窓の外はまだ真っ暗だったが、ナイトテーブルに置かれた時計はもうすぐ五時を指そうとしていた。

静まり返った寝室に人の気配はなく、激しい雨の音だけが響いている。

隆一はどうしたのだろう。

節々《ふしぶし》が痛む身体を庇うように起き上がると、オットマンの上に漣の服が無造作に置かれていた。

そっとベッドを出て、素裸にシャツだけ羽織り、リビングへ行ってみた。

リビングにも、隆一の姿はなかった。

どうやら、漣が眠っている間に、黙って帰ってしまったらしい。

隆一は何時頃、部屋を出て行ったのだろうか。

漣が眠ってしまった後、ひとりで飲んだのか、テーブルの上に開栓されたシャンパンボトルが残されていた。ボトルには、まだ三分の一ほどシャンパンが残っている。

不意に喉の渇きを覚え、漣はフルートグラスにシャンパンを注ぎ飲み干した。

すっかりぬるくなったシャンパンは、いつもより炭酸がきつく感じられ、叫びすぎた喉をひりつかせながら滑り落ちていく。その沁みる痛みが、昨夜の出来事が夢ではなかったと漣に教えてくれた。

荒々しく蹂躙《じゅうりん》するように漣を抱いた後、隆一はここでひとり、どんな思いでシャンパンを開け飲んだのだろう。

恋人を裏切ってしまった罪悪感を紛らすためか。それとも、自分を捨てた漣へ、多少なりとも意趣《いしゅ》返しをした祝杯だったのか。

ソファに座り、あおるようにグラスを重ねる隆一の後ろ姿を想像すると、身体の奥深いところからなぜか冷たいような熱いような複雑な想いが湧《わ》き上がってきて胸を締めつけた。

もう一杯、グラスにシャンパンを注ぐと、漣は喉奥へ流し込むように飲んだ。

生ぬるいシャンパンが、ゆっくりと身体に沁み渡っていく。

「……帰ろう」

ぽつりと呟いて、漣は寝室へ引き返した。

着替えをしようとして、シャワーを浴びていこうかと思いつきパウダールームのドアを開けた。

壁のスイッチに触れ灯りをつけると、大きな鏡に意外なほどスッキリした自分の顔が映っていて驚いてしまった。

レイプまがいの強引で乱暴な抱き方をされたというのに、漣の身体は悦《よろこ》び満たされたらしい。

苦い自嘲を噛み締めながら、羽織っていたシャツを脱ごうとして、ふと動きを止めた。

二の腕に鼻を近づけると、肌に隆一の匂いが移っていた。

鼻腔の奥に、隆一に抱き寄せられた時に嗅いだ、上品なシトラスとハーブの香りが蘇ってくる。

もう一度、漣は素肌に残る隆一の残り香を、惜しむように胸の奥深くまで吸い込んだ。

ベルフールの会員になった、と隆一は言っていた。

だとすると、隆一はまた漣に会いに来てくれるだろうか。

昨夜のような、自分の欲望を満たすだけの独《ひと》りよがりなセックスでもいいから、漣を抱きに来てくれるだろうか。

思った途端、胸が詰まって涙が溢れた。

隆一に恋人がいることを、漣は知っていた。

東京タワーの見えるあのホテルで見かけた男性が、隆一の今の恋人に違いない。

あの夜、隆一達は間違いなく客室階で降りていった。

隆一は恋人でもない男性と一緒に、ホテルに泊まったりするような男ではない。

エレベーターホールに入ってきた時から、ふたりは楽しげに目を見交わし、肩を寄せ合っていた。

あの時のふたりの様子は、今も漣の脳裏に鮮やかに焼きついている。

二十二階で停まったエレベーターから降りていく隆一の背中を、追いかけることもできず、ただ黙って見送るしかなかったあの夜――。

すんと鼻を鳴らし、漣は掌で頬の涙を乱暴に拭った。

泣いたって仕方がない。何もかも、自分で選んだ道じゃないか。

それでも、隆一に愛されている男性への、嫉妬《しっと》や憧憬《しょうけい》が胸に渦巻いて苦しくて堪らない。

同時に、恋人がいると知りながら、隆一に抱かれてしまったことに良心の呵責《かしゃく》も感じていた。

「隆一さんは、もう来ないかもしれないな……」

脱ぎかけたシャツを羽織り直しながら、漣は寂しく呟いた。

シャワーを浴びる気は、なくなってしまっていた。

身体を洗い流してしまったら、隆一の匂いも消えてしまう。

あともう少しだけ、隆一を感じていたい。

隆一の使っているコロンの名前を、訊いてみればよかったと後悔した。

身繕いをすませると、漣はスイートルームを出た。

まだ早朝のせいか、館内に人の気配は感じられなかった。

ほかのゲストルームでは、かりそめの恋人たちが甘い眠りを貪《むさぼ》っているのだろう。

分厚い絨毯のおかげで足音は響かなかったが、漣はできるだけそっと歩いてエレベーターホールへ向かった。

通用口へ向かって歩いていくと、廊下の向こうから玖木が来るのが見えた。

早朝にも拘らず、玖木は常と変わらず颯爽《さっそう》として見えた。

思わず立ち止まった漣に気づき、玖木が足早に近づいてきた。

「今、帰りか？」

「はい」

「昨日は、巧くいったようだな。特訓の成果が出たか」

漣が昨夜乱れたのは、相手が隆一だったからだ。

でも、漣と隆一の関係を知らない玖木に、今ここで事情を詳《つまび》らかにする必要は感じなかったし、そもそも話したくない。

かといって、おかげさまで、と答えるのもなんだか妙な気がして、漣は黙って小さくうなずいた。

「早く帰って休むといい」

「はい。ありがとうございます」

丁寧に頭を下げ歩き出そうとした漣を、玖木が呼び止めた。

「ああ、それから、今晩は出てこなくていいから」

「えっ？」

振り向いた漣に、玖木はどこか労《いたわ》るように言葉を継いだ。

「明日から、二泊三日で鷺沼さんの予約が入った。今のうちに休んでおけ」

「二泊三日ということは、また外へ行くんでしょうか」

「たぶん、そうなるだろう」

また鷺沼の人形になるのか、と内心うんざりしてから、昨夜だって同じようなものだったじゃないかと思い直した。

隆一の激情を一方的に叩きつけられ、振り回され、夜が明けてみれば、遊び飽きた人形同然に素裸のまま放り出されていた。

「分かりました。失礼します」

「ああ、お疲れさん」

通用口のドアを開けると、ようやく明るくなり始めた早朝の空から大粒の雨が落ちてきていた。

ビニール傘《がさ》を広げ、雨の中を歩き出した漣の耳に、激しい雨音が響く。

何も変わらないんだな、と漣はふと思った。

隆一と愛し合っていた時も、漣が男娼に身を落としてしまった今も、夜が明ければ少しも変わらず朝がやってくる。

晴れた日もあれば、今日のように雨が降る時もある。それは、幸せだからとか、哀しいからといって変わるわけでも選べるわけでもなかった。

明日、鷺沼と一緒に出かける時、この雨は上がっているだろうか。

雨、止んでるといいな――。

ビニール傘の表面を流れ落ちる雨粒を見ながら、漣はひっそりと呟いていた。


「汀、おっはよう！」

漣がロッカールームのドアを開けた途端、拓海の朗らかな声が響いた。

こっちこっちと手招きされるまま、漣はソファに座った拓海の側へ行った。

休憩用のソファに陣取って、拓海は男娼仲間とポーカーをしていた。

「スリーカード」

拓海が手持ちのカードをさらりとテーブルに広げると、相手をしていた瑞季《みずき》が渋い顔をした。

「ちぇー、また負けかよー。よし、もう一回やろうぜ」

「やめとけよ。今晩の稼ぎ、全部突っ込むつもりか」

拓海にいなされ、瑞季はふんとふて腐れている。

「汀、コーヒー！」

八つ当たりのように、瑞季が横柄《おうへい》な口調で言った。

「瑞季！　お前、自分で淹れろよ」

「別にいいですよ。拓海さんも飲みますか？」

「悪いな」

トランプを片づけながら笑った拓海に首を振って、漣はコーヒーを淹れに行った。

コーヒーを三人分淹れ、ついでに冷蔵庫からゼリー飲料を一つ取り出した。今晩の食事である。

「お待たせしました」

「サンキュ、悪いねー」

漣がコーヒーを配ると、瑞季は早速手を伸ばしている。

「まーた、そんなの食ってる。ちゃんと食べないとダメだって言ったろ」

漣が持ってきたゼリー飲料を見て、拓海が顔をしかめた。

「どうせ、今日もサロンへは顔を出さないで、スイートルーム直行なんだろ。スイートルーム直行の時は、食事しないらしいじゃないか、あの人……」

「ええ……」

漣が曖昧にうなずくと、瑞季の頰がピクッと反応した。

「芦崎さんだっけ……？　汀の客って……」

大げさに足を組み直し、瑞季はふんぞり返るようにソファに身体を預けた。

「いいよなぁ、芦崎さん。ウチの客には珍しく、若くてカッコよくてさあ。俺のことも、一度指名してくんないかなあ」

もう二度と来ないかもしれないと思っていた隆一は、意外にも毎週のように漣の元を訪れるようになっていた。

隆一はいつも、予約したスイートルームへ直行しそのまま帰るため、サロンへ立ち寄ることはない。

でも先週は、笠原に誘われたとかで、珍しく拓海や漣も一緒に、サロンのレストランスペースでフ

ルコースのディナーを食べた。多分、瑞季はサロンでその様子を見ていたのだろう。

返事に困っていると、瑞季は組んでいた足を下ろし漣の方へグッと身を乗り出してきた。

「ねえ、あんな上客捕まえたんだからさ、鷺沼さん、俺に返してくんないかな」

「えっ……」

「汀が来るまで、こいつが鷺沼さん担当だったんだよ」

横から拓海に説明され、漣はあっと思った。

言われてみれば、瑞季は漣と似たタイプで、背格好もほぼ同じくらいだった。

「鷺沼さんの相手すんの、エッチするよりしんどくて大変なんだけど、その分余録《よろく》もあって結構おいしかったんだよなあ」

「……余録？　おいしいって……」

エッチするよりしんどくて大変という意見には漣も同意だが、おいしいとはどういう意味だろうか。

「こいつはさ、鷺沼さんに高いもんばっかねだって、それをネットオークションで転売してたんだよ。あれ、絶対に鷺沼さんにバレてたぞ。だから、汀に乗り換えられたんだよ」

窘めた拓海に向かって、瑞季はさも不満げに唇を突き出した。

「だって、いくら高級品だって全部女物なんだぜ。持ってたって、ジャマになるだけじゃんよ」

瑞季の気持ちも分からなくはなくて、漣は思わず苦笑した。

漣にも、鷺沼は会う度《たび》に驚くような高級品を、惜しげもなく買い与えてくれる。

でも、一足二十万円もするようなハイヒールを買ってもらっても、正直なところ少しも嬉しいとは思えなかったし、宝の持ち腐れだと思っていた。

だからといって、ネットオークションに出して転売してしまうというのはいかがなものか、と思わないでもない。

「いいんだよ。鷺沼さんはさ、自分の可愛い人形に贅沢をさせるのが喜びなんだから。どーせ、金は腐るほど持ってんだし」

「鷺沼さんって、何をしている人なんですか？」

「なんだ、知らないの？」と瑞季が言った。

「あの人は、セレブの奥様御用達《ごようたし》の高級化粧品会社の会長だよ。高級エステサロンとかも、全国展開してるらしいし。リゾートホテルも、何軒か持ってるって話だよ。ま、事業の方は、今はほぼ引退してて、息子に任せてるらしいけどね」

「……化粧品会社の……。だから、メイクとか上手なんだ」

漣の呟きを聞いて、瑞季が呆れたように噴き出した。

「おいおい、感心するとこ、そこかよ」

「強欲なお前と違って、汀は欲がなさすぎるからな」

「悪かったな、強欲で。けど、男娼なんか、長くできる商売じゃないんだ。稼げるチャンスは、逃さずモノにしなくてどうするんだよ」

悪びれもせず言い放つと、瑞季は再び漣の方へ身を乗り出してきた。

「芦崎さんって、何してる人なの？　あの若さで、ここの会員になれるって、なかなかないよな」

「さあ……」

首を傾げた漣に代わって、拓海が答えてくれた。

「芦崎さんは、TAMだってさ」

「……なにATMって……」

「ATMは銀行の機械だろ。TAM、ターン・アラウンド・マネージャーだよ。俺も、笠原さんの受け売りだけどさ、要するに事業再生請負人のことらしいよ。アメリカの有名なコンサルティング・ファームのアジア支部を任されてるとかで、すっげー遣《や》り手らしい」

「……ふうん、TAMって儲《もう》かるんだな」

「この間、データ改竄《かいざん》で不祥事を起こした大手医療機器メーカーが、ドイツの会社の傘下に入って経営再建することになっただろ。あれを、電光石火で仲介してまとめたのが、芦崎さんだって話だよ」

「すげ……。国際的じゃん」

隆一さんは、昔から優秀だったから――。

うっかり出かかった言葉を慌てて呑み込んで、漣はひとり納得したようにうなずいた。

どうしてもアメリカで勉強したいと留学した隆一は、立派に志《こころざし》を果たして帰国したのだ。

やっぱり、ホストになると決めた時、隆一の足手まといにならなくてよかった。あの時の判断は間違ってはいなかったのだと、漣は心密かに嬉しく思った。

でも、そんな功成《こうな》り名遂げた隆一が、どうして毎週のように漣のところへ通ってくるのか。

会う度に抱かれてはいるけれど、隆一は少しも優しくなかった。

最初の時ほど乱暴にはされないものの、ほとんど会話もなく、欲望のはけ口として一方的に身体を開かれ弄《もてあそ》ばれるだけである。

自分を裏切り、捨てた漣の墜ちた姿を見て、隆一は溜飲を下げているのかもしれない。

そうだとしても、漣は隆一に会えるだけで嬉しかった。

本当は、会うほどに慕わしさが募るし、隆一の恋人への罪悪感にも苛《さいな》まれて苦しくてならない。

それでも、隆一に会えなくなるよりずっといいと思ってしまうことに、苦い自己嫌悪も感じていた。

「どうかした？　黙り込んじゃって……」

顔を覗き込んできた拓海に、漣は恥じらったように首を振った。

今夜も、もうすぐ隆一に抱いてもらえる。

心はないと分かっていても、考えただけで身体の芯が淫らに疼《うず》いてしまう。

そんな自分を浅ましいと自嘲しながら、隆一の訪れを待ち遠しく思う気持ちを抑えられなかった。


ベッドの上で四つん這いにさせた漣を後ろから貫いて、隆一は荒々しく腰を使っていた。

そろそろ頂点が近いのだろう。粘膜越しに、隆一がドクドクと熱く脈打っているのが伝わってくる。

隆一が漣の中へ放つのは二度目だったが、漣はまだ一度も吐精を許されていなかった。

一度目は、隆一が達した瞬間、漣も絶頂を迎えたのだが、いきり立ったペニスの根元を指できつく戒められてしまい果てられなかった。

今度は、達かせてもらえるだろうか。達きたい——。

隆一に揺さぶられるままに腰を振り、喘ぎ身悶えながら、漣は切なく願っていた。

引き抜く寸前まで退いた隆一が、漣が頽れそうになるほど奥深くまで一気に突き貫いてきた。

身体の奥深くで熱い迸りを感じるのと同時に、弾ける寸前の漣の根元を、またもや隆一の無情な手が締めつけた。

「あっ……」

切ない悲鳴をあげた漣から、隆一は無造作に自身を引き抜いた。

そして、傍らにあったバスローブの紐《ひも》で、漣が自分で慰められないように後ろ手に縛ってしまった。

「隆一さん、お願い……」

泣きそうな顔で懇願する漣には見向きもせず、隆一はさっさとベッドを降りてしまった。

そのままバスルームへ入っていく隆一の後ろ姿を、漣は啜り泣きながら見送るしかない。

こんな仕打ちをされるのは、初めてではなかった。

どうも隆一は、漣が抱かれ満たされた顔をするのが気に入らないらしい。

最初に後ろ手に縛られ放置された時は、どうにかして達きたくて、虚《むな》しく天を仰いだまま疼くペニスを必死にシーツに擦りつけたりした。

でも今は、諦めてじっと堪えることにしていた。

きっとこれは、隆一を一方的に傷つけた自分への罰なのだ——。

「…ふぅ……、ぅう……」

冷たいシーツに熱く火照る頬を押し当て、身体の中で逆巻いている激情が鎮まるのをじっと待つ。

惨めで苦しくて、心が痛いけれど、それで隆一の気がすむのなら——。

ぎゅっと目を閉じ、ふるえる吐息を噛み殺していた漣の耳に、バスルームのドアが開く音が聞こえた。そっと様子を窺うと、身繕いを終えた隆一の姿が見えた。

「…隆一さん……」

切なげな漣の声に、隆一の表情がふとくもった……ように見えた。

転がされている漣の傍らに腰を下ろすと、隆一は乱れた髪を撫でるように指先で梳《す》いてくれた。

「達きたいか」

「……お…願い……」

ぽろりとこぼれてしまった涙が、唇を濡らして流れ落ちていく。

苛立ちを吐き出すように息をつき、隆一は漣のペニスへ手を伸ばした。

湯上がりの湿り気を残す、温かな掌に包み込まれた瞬間、漣はうっとりと吐息《といき》を洩らした。

少々手荒に扱かれると、たちまち手足の先まで快感が波紋のように広がった。

腰が固まって、内股に痙攣が走る。

「ああ……んっ……」

鼻にかかった甘ったるい声をあげ、漣は隆一の手の中へ吐精した。

漣が放った白濁を拭ったティッシュをダストボックスへ投げ捨て、隆一はまだ肩で荒い息をついている漣を見た。

そして、無言のまま漣の背中へ手を伸ばし、縛《いまし》めを解いてくれた。

手にしたバスローブの紐をベッドの上へ放り投げ、隆一はゆっくり立ち上がった。

そのまま部屋を出て行こうとして、ふと立ち止まる。

上着のポケットから取り出した小さな包みを、隆一が漣の傍らへぽいと放って寄越した。

「……これは？」

「この間、俺に何を使っているのか訊いただろう」

あっと思い当たって、漣は急いで包みを拾い上げた。

「開けてみてもいい？」

「好きにしろ」

漣が丁寧に包装された包みを開くと、馬車のイラストがついたチョコレート色の小箱が出てきた。

「これ、隆一さんが使ってるのと同じコロンなの？」

プレゼントを手にした子供のように弾んだ声に、隆一は黙って小さくうなずいた。

銘柄《めいがら》だけ教えてもらったら、自分で買おうと思って訊いたのだが、無視されてしまって教えてもらえなかったので諦めていた。

ねだったつもりはまったくなかったから、隆一が買ってきてくれるとは、予想外のことだった。

「ありがとう！　大切にする」

涙ぐんだ漣の声には何も答えず、隆一はそのまま部屋を出て行ってしまった。

ベッドの上に全裸のまま座り込み、漣は思いがけず手に入れた宝物を大切に抱き締めていた。

鷺沼と一緒に三泊四日で金沢《かなざわ》へ行った漣は、精根尽き果てた気分で自分の部屋へ戻ってきた。

金沢では、例によって日替わりで豪華な着物やドレスを着せられた。

もちろん貞操帯つきで――。

今回の旅行では、鷺沼の古くからの友達だという茶道家のお茶会に出席したり、いつにも増して緊張を強いられることばかりだった。

お茶会に出席すると知り、漣は茶道の心得などないとうろたえた。

鷺沼はお茶会の前日、ホテルの部屋で漣に作法の特訓をしてくれたが――。

つけ焼き刃の稽古《けいこ》で何か不手際をしでかせば、鷺沼にも恥をかかせてしまうと思うと、漣は不安でたまらなかった。

それなのに、なぜか鷺沼とともに茶席が設けられた座敷へ入った途端、漣はその場の全員の注目を集めてしまった。

鷺沼は「汀があんまり可愛いから、みんなが見ているよ」と上機嫌だったが、もしかしたら女装した男だとバレていて、そのせいで奇異の目で見られているのではないかと思うと身の置き所がなく、針のむしろに座らされたような気分だった。

周囲から一挙一動すべてを見張られているようで、思い切り神経をすり減らしたお茶会だったが、幸いなことに大過《たいか》なく乗り切ることができた。

その時点で、漣はもう消耗しきっていたのだが、その後も輪島塗《わじまぬり》の展示会や美術館のレセプションパーティなど予定が目白押しだった。

鷺沼が正式に招待された、いわば公式行事に男娼連れで出席したりして支障はないのかと、内心ビクビクしていた漣に対し当の鷺沼は平然としていた。

ホテルへ戻れば、緊張の糸を弛める間もなく、いつものように鷺沼の完璧な人形になっていなければならない。

とにかく、疲れ果てたというのが実感だった。

住み慣れた部屋へ帰ってきてひとりになると、心底ホッとした。

人目に晒されずにすむということは、こんなにも精神的に楽なことなのかと驚いてしまう。

漣はすぐにバスタブに湯を張ると、時間をかけてゆっくり入浴した。

狭苦しいユニットバスでも、誰に気兼ねすることもなくひとりで湯に浸《つ》かっていると、ようやく凝り固まった身体の節々が解れていく気がする。

それにしても、鷺沼はどういうつもりで、漣をあちこち連れ回すのだろう。

鷺沼とは親子ほども年齢が離れている漣のことを、周囲はどう思って見ているのだろうか。

漣のことを訊かれると、鷺沼は『僕のお気に入り』などと、冗談めかしてはぐらかしていたが——。

単に東京から同行してきた秘書かコンパニオン、とでも思っていただろうか。

玖木は、鷺沼が漣のことを気に入っているだけでなく、信頼もしているのだろうと言ってくれた。

漣ならば、取り返しのつかない粗相はしないと安心しているからこそ、連れ回すのだろうと——。

それが本当なら、鷺沼の信頼を裏切らないようにしなければと思う。

一方で、これ以上、鷺沼との関係が深まることに怖れも感じ始めていた。

いずれ鷺沼は、漣を身請けしたいと言い出すのではないかと、いつか玖木が言っていた。

「考えても、仕方がないな……」

パシャっと湯をかき回して、漣はため息をついた。

風呂から上がりパジャマに着替えると、ベッドサイドに置いた小物入れから、隆一が使っているのと同じコロンを取り出した。

隆一にもらったのは、もったいなくてとても使えず、包装まで元どおりにして大切にしまってある。

今使っているのは、自分で買ってきた物だった。

肘の内側と腰回りにシュッとスプレーすると、ヴェチヴェをベースにした落ち着いた芳香の中に、フレッシュなシトラスノートが立ち上がってくる。

「…隆一さんの香りだ……」

目を閉じ、うっとりと呟く。

大人の男に相応しい、抑制されたセクシーさを感じさせる香りに包まれると、会えない時間にも隆一を感じることができる。

それだけで、漣は充分幸せな気分に浸《ひた》ることができた。

玖木からは、今週末にまた隆一の予約が入ったと知らされていた。

ほとんどの場合、隆一は土曜の夜にベルフールへやってきて、日曜の早朝には帰ってしまう。

ほかの客のように気に入りの男娼とブランチを楽しんでから、デート気分で街へ一緒に出かけるなどということはけしてない。

金曜の夜と日曜の昼間を、隆一はどんな風に過ごしているのだろう。

浮かびかけた想像を急いで振り払うと、漣はベッドへ入った。

隆一さんの夢が見られるといいな——。

そんな風に思いながら目を閉じた時、不意に携帯電話から呼び出し音が鳴り響いた。

ディスプレイに父徹雄の名前が表示されているのを見た途端、漣はうんざりと眉を顰めた。

だが、無視するわけにもいかず、仕方なく携帯電話を手に取り回線を開いた。

「はい……」

『漣か？　何をしてたんだ。いくら電話をしても繋がらないから、心配していたんだぞ』

鷺沼に限らず、客と一緒にいる時に男娼の携帯電話が鳴ってしまうことほど興醒めなことはない。

だから、仕事に出る時は携帯電話は持たないことにしていた。

「仕事で留守にしてたんだ」

不機嫌が声に出ないように、漣は平板な声でぼそりと答えた。

徹雄が、漣のことなど心配するはずがなかった。心配だったのは、大事な金づるがどこかへ消えてしまったのではないかということに決まっている。

『例の話はどうなってるんだ』

案の定、徹雄は急き込むように訊いてきた。

「どうなってるって、これ以上はもう無理だって断ったじゃない」

さすがの漣も苛立ちを抑えきれず、ついつい突っ慳貪《けんどん》な口調になった。

『それじゃすまないんだよ！』

電話の向こうで、徹雄は声を荒らげた。

膨れ上がった徹雄の借金返済のために、漣は涙を呑んでエル・ド・ランジュのホストになる道を選んだ。店からもらった支度金やその後の漣の仕送りで、取り敢えず闇金からの借金は返済できた。

後は不採算部門の整理などで、多少時間はかかっても経営を建て直すことができると思っていた。

ところが——。

経営再建のために事業規模を縮小するどころか、徹雄はそれでは利益が上がらないと、漣が知らない間に新たな開発計画に手を出してしまった。

結果的に開発計画は頓挫し、またもや借金だけが残ることとなった。

その新たな借金を返済するために、ついに漣は男娼にまで身を堕とすはめになったのである。

だが、そんなことになっても、徹雄は少しも懲《こ》りていなかった。

今度は怪しげなベンチャー企業の誘いに乗り、新規事業とやらに手を出してしまった。

『ここが正念場なんだ。ここさえ乗り切れば、新規事業が軌道に乗る。そうすれば、お前の借金だってすぐに返せる』

そんな調子のいい話が信じられるか……、と、漣は指先でこめかみを押さえた。

徹雄のなんの根拠もなく先行きを楽観視する話には、もういい加減うんざりだった。

腹の底からふつふつと、煮えるような怒りが湧き上がってくる。

誰のせいで、漣が身体まで売ることになったのか、徹雄は何も分かっていないのだと思うと、もう返事をする気にもなれなかった。

憮然として黙り込んでいると、『聞いているのか、漣！』と怒鳴られた。

「とにかく！　なんと言われても、これ以上はもう無理だから！」

思わず、売り言葉に買い言葉の勢いで言い返していた。

『ま、待て、漣！　聞いてくれ、頼む……』

慌てて宥めようとする徹雄の声を無視して、漣は電話を切ると電源も落とした。

これまで、漣がどんな思いをして金を作ってきたか、徹雄は分かっていない。分かろうともしない。

それどころか、漣を金のなる木か、打ち出の小槌《こづち》くらいにしか思っていないのは明白だった。

情けなくて、もう涙も出ない。だからといって、このまま父を見捨てることもできない気がする。

あんな男でも、漣にとってはたったひとりの父親だった。

血の繋がらない漣を、徹雄が引き取ってくれたからこそ、漣は施設に入れられずにすんだのだ。

そして、徹雄のところに身を寄せたおかげで、隆一と出会うこともできた。

「…隆一さん……」

呟いた途端、鼻の奥が熱くなっていた。

唇をきつく噛み締め、漣は両手で顔を覆った。

どれくらいそうしていたのか、少しずつ気持ちの揺れが収まってくると、今度は母のことが気になった。こんな状況で、母の妙子はどうしているのだろう。

身体が丈夫ではないのに、まさか徹雄のために金策に走り回っていたりしないだろうな。それとも徹雄に当たり散らされて、辛い思いをしているのではないだろうか。

気になって、漣は妙子の携帯電話に連絡した。

『もしもし、漣……？』

「うん。お母さん、元気？」

『ありがとう。わたしは大丈夫よ。漣は元気なの？』

「元気だよ」

無理して明るく答えてから、漣はいくぶん声を潜めた。

「さっき、お父さんから電話があったんだけど……」

途端、妙子は重いため息をついた。

『漣には迷惑ばっかりかけちゃって、ほんとに悪いと思ってるのよ。ごめんね……』

涙ぐんでいるような妙子の声を聞くと、痛ましさに胸が詰まってしまう。

妙子は、漣が男娼にまで堕ちてしまったとは夢にも思っていない。もしも真実を知ったら、妙子はきっと今以上に自分を責め寝込んでしまいかねない。

それだけは、絶対に避けなければならなかった。

「僕は別にかまわないけど。会社の方はどうなってるの？」

『今、開発中の新しい技術さえ完成すれば起死回生《きしかいせい》だって、お父さんは張り切ってるけど……』

「そんな一発逆転のギャンブルみたいなことばかり言ってないで、もういい加減、ちゃんと現実を見極めてもらうべきなんじゃないの？」

つい詰るような口調になった漣の声に、妙子の再びの重いため息が被さった。

『そうは言っても、お父さんにも、技術者としてのプライドもあるのよ……』

貞淑《ていしゅく》な妻の声で、妙子は独善的な夫を庇った。

『お祖父《じい》ちゃんが始めた小さな町工場を、会社としてここまで大きくしたのは、お父さんの頑張りがあったからだし。このままでは終われないって思う、お父さんの気持ちも分からなくはないの』

「……お母さん……」

『あの通り、頑固で融通《ゆうずう》が利かない人だから。漣がお父さんのこと、悪く言いたい気持ちも分かるけど。でもね、お父さん、悪い人じゃないのよ……』

漣だって、徹雄が根っからの悪人だとは思っていない。

だからこそ、徹雄を切り捨ててしまうことができずにいる。

「……うん。分かってるよ」と、漣は力なく言った。

『ごめんね。漣はもう、心配しなくていいから。お父さんには、こっちでなんとかするように言っておくから……。これ以上、漣に迷惑はかけられないものね……』

どうにもならないからこそ、徹雄は漣に無心してきたのだろう。そのことは、本当は妙子にだって分かっているのではないか。

そう思うと、漣の気持ちは重く沈んでいくばかりだった。

いつの間にか、部屋の中には薄闇が忍び込んでいた。

ベッドに座り込んだまま、漣は窓の方へ顔を向けた。

暗いガラスに、疲れた顔をした自分が映っている。なんだか蟻地獄《ありじごく》の底でもがいている、惨めな虫けらになったような気がした。

男娼になった時の借金がまだ残っている漣に、どう考えてもまとまった金を作る手段はなかった。

玖木に頼めば、多少の前借りはさせてもらえるかもしれないが、たぶんそれでは一時しのぎにしかならないだろう。

僕はどうすればいいんだ――。

ベッドの上で膝を抱えうずくまった時、ふわりとコロンの香りが漂った。

ふと、唇を突いて出た言葉があった。

「事業再生請負人か……」

思い切って、隆一に相談してみようか――。

「……でも……」

今さら、どの面下げて相談すると言うのか。

隆一を裏切り傷つけた自分には、彼を頼る資格などない。

それに、漣が相談を持ちかけても、今の隆一には煩《わずら》わしいだけで相手にされないだろう――。

いっそ、鷺沼に身請けしてくれるように頼んでみようか。

鷺沼なら、漣の借金を清算するだけでなく資金援助もしてくれるかもしれない。

鷺沼の漣への気持ちにつけ入るようで良心の呵責を感じるけれど、ほかに方法があるだろうか――。

迷路の中で立ち竦むように途方に暮れた漣を、隆一と同じコロンの香りが包み込んでいた。


週末、鬱々と重い気持ちを抱えたまま、漣は隆一がリザーブしたスイートルームへ向かった。

照明が抑えられた静かな廊下で、漣は鈍く光る扉に貼られたプレートを見つめた。

真鍮《しんちゅう》のプレートには、『Amour《アムール》 en《アン》 cage《カージュ》』と優雅な筆記体で書かれている。

ベルフールの客室には、それぞれみな、花の名前がつけられていた。

『Amour en cage』とは、籠の中の愛という意味で、鬼灯《ほおずき》のことだと教えてくれたのは、物知りの拓海である。

『籠の中の愛ってのも意味深で、いかにもここらしいけどさ。鬼灯の花言葉って知ってる？　ウソだよ、ウソ。笑っちゃうよなぁ。籠の中の愛はウソの愛……。ここで一番高い部屋にあの名前つけたヤツ、相当シニカルなセンスしてるよな』

「籠の中の愛はウソの愛、か……」

誰に言うともなく呟いて、漣は懐《ふところ》からカードキーを取り出した。

隆一の来館予定時間までは、まだ少し時間がある。

薄暗い室内へ入ると、漣はまず灯りをつけ、隆一を迎える準備に取りかかった。

リビングで電動カーテンの開スイッチを押してから、ミニバーや冷蔵庫のチェックをする。

それが終わると、寝室へ行ってベッドのターンダウンを行った。

これらは普通、予めボーイがやっておいてくれることだから、予約指名の入った男娼が自らやることはまずない。

でも漣は、隆一の指名が入った時は、自分でやることにしていた。

何事であれ、隆一に関することを人任せにはしたくない。

ウソの愛だっていいから、漣は会いに来てくれる隆一にせめて心を尽くしたかった。

インターフォンが鳴り、ボーイがスイートルームの客にサービスされる、シャンパンやスイーツを運んできた。

受け取ったそれを、漣は取り敢えずミニバーの冷蔵庫へ収納した。それらを必要に応じてすぐにサービスできるよう、ワゴンの上にワインクーラーやグラスも整えておく。

それがすむと、バスルームへ急いだ。

ジャグジーバスの準備をしようとして、漣はふと手を止めた。

もしも、鷺沼に身請けされることが決まれば、もう隆一には会えなくなる。

そうなると、今夜が最後になるかもしれない——。

思った途端、心臓がドクンと嫌な跳ね方をした。気持ちが重く塞がって、胸の奥が鈍く痛む。

嫌だ、そんなのは嫌だ。湧き上がる涙を堪えようとして、漣はぎりっと奥歯を噛んだ。

来館予定の時間を少し過ぎた頃、部屋のドアロックが解除される音がした。

漣は急いでドアのところへ行った。

「お帰りなさい」

ドアを開けて入ってきた隆一を、漣は精いっぱいにこやかに出迎えた。

それに対して返事をするでもなく、いつものように隆一はむっつりと無言のまま室内へ入ってきた。

腕に抱えていたコートと、スリーピースの上着だけ脱いで漣に無造作に手渡すと、隆一はさっさとリビングへ歩いていってしまう。

楽しそうでも、嬉しそうでもない隆一は、恋人がいるのに、どうして毎週、漣を指名してくれるのか不思議でならなかった。

隆一がここへ通ってくるせいで、恋人との仲が巧くいかなくなるようなことがあったら困ると案じていたけれど、漣がいなくなればそんな危惧《きぐ》もなくなる。

心密かにそんなことを考えながら、漣は隆一のコートと上着をクローゼットにかけてから、急いでリビングへ戻った。

「シャンパンが冷やしてあるけど、飲む?」

ネクタイを弛めながら、隆一は首を振った。

「あ、それじゃ一緒にお風呂……」

じろり、と冷めた目を向けられ、漣は身を竦ませた。

「……ごめんなさい」

「なんで謝るんだ」

最後の思い出にと思って、とは口にできず、返事に詰まった漣を見て、隆一は視線を逸らすように目を伏せ小さく息をついた。

「そうだな。それじゃ、シャンパンをもらおうか」

珍しく、隆一は漣に対して譲歩《じょうほ》するようなことを言った。

微かに目を見開きながら、漣は隆一の気が変わらないうちにとミニバーへ走った。

冷蔵庫から出したシャンパンをワインクーラーに入れ、季節のフルーツを使ったプチガトーを盛り合わせたサルヴァと一緒にワゴンに載せ運んでいく。

隆一は、革張りのソファに、ゆったりと身を沈ませ、長い足を優雅に組んでいた。

端整なその横顔に、いつもより疲労の色が滲んでいるような気がした。

ワゴンを押して戻った漣を、隆一がちらりと見た。

「お待たせしました」

漣がテーブルに置いたピューターのワインクーラーから、隆一は無造作にシャンパンボトルを引き抜いた。キャップシールを剝《は》がしストッパーを外すと、傾けたボトルをゆっくり回し静かに抜栓《ばっせん》する。

洗練されたその手際に、漣は感心してしまった。

やっぱり、何をやらせても隆一は様になっていてカッコイイと思ってしまう。傍らでつい見惚れていると、隆一が二つ並んだグラスの一つに澄んだ黄金色のシャンパンを注いでいた。

「あ……、ごめんなさい。僕が……」

慌ててボトルを取ろうとした漣を制し、隆一は漣のグラスにもシャンパンを注いでくれた。

でも、乾杯も何もなく、隆一はひとりでシャンパンを飲み始めてしまった。

仕方なく、漣も黙ってグラスに口をつけた。

喉の渇きを癒《い》やすようにグラスを干すと、隆一はすぐに二杯目を手酌で注いでいる。

「……仕事、忙しいの……？」

手持ちぶさたに堪えかねて訊いた漣の方へ、隆一がちらりと視線を投げた。

「どうして……？」

「ちょっと疲れてるように見えたから……」

「そうか」

会話はぶつぎりで、少しも弾まない。

「よかったら、食べてみる？　ここの自家製だから、甘すぎなくて美味しいよ」

サルヴァから、漣は一口サイズの葡萄《ぶどう》のタルトとモンブランを小皿に取り分け隆一の前に置いた。

どちらも、素材の自然な甘みを生かした上品な味で、シャンパンにとてもよく合うと、客にも男娼仲間にも評判のスイーツである。

「疲れてる時は、甘い物を食べると元気になれるって……」

「別に、疲れてはいない」

木で鼻を括ったような返事に、漣は肩を窄めた。

黙って座っているだけではどうにも間が持たず、漣はそっと立ち上がった。

ミニバーへ引き返し、冷蔵庫を開ける。

隆一は甘い物は食べたくないらしい。チーズの盛り合わせでもあればいいのだが、ベルフールから提供されたのはあとは苺《いちご》しかない。

隆一に、ルームサービスを頼むか訊いてみるべきだろうか――。

様子を窺うようにソファの方を見ると、隆一と目が合ってしまった。

すると、シャンパングラスを持ったまま、隆一がふらりと立ってきた。

「酒はほかに何があるんだ」

スツールに腰を引っかけ、隆一が訊いた。

「スコッチとバーボン、ブランデーもあるよ。銘柄が気に入らなければ、厨房に注文すれば持ってきてくれるけど」

「俺が何か注文した方が、お前の売り上げになるのか」

漣は首を振った。

「僕が一緒に飲んだり食べたりした分はお客さん持ちだけど、売り上げとは関係ない。僕らがここで売るのは……身体だけだから……」

「それじゃ、スコッチをロックでくれ」

うなずいて、漣は棚からスプリングバンクのボトルを取った。

隆一の前にベルフールの紋章《もんしょう》が型押しされたコースターを置き、琥珀色《こはくいろ》の酒を入れたロックグラスをサーブする。

「チーズか何か、持ってきてもらう？」

「いや、いい」

カウンターラックにナッツの小袋があったので、それを小皿に入れて隆一の前に置いた。

「考えてみたら、隆一さんとお酒飲むの、初めてだよね」

自分用に作った薄目の水割りを一口飲んで、漣は感慨深げに呟いた。

「そうだったかな」

「……そうだよ」

隆一がアメリカへ留学した時、漣はまだ未成年だった。隆一は真面目で堅い考えの持ち主だったから、ふたりで出かけた時に漣がいくらせがんでも、ビール一口すら飲ませてはもらえなかった。

だから、成人したらぜひとも隆一と一緒に酒を飲みたいと願っていたのが、まさかこんな形で実現するとは思わなかった。

これが最後の夜になるかもしれないと、漣を憐《あわ》れんだ神様からのプレゼントだろうか、と胸の裡でひっそり思う。

「隆一さんのお母さんはお元気？」

感傷を振り払うように、漣は明るい声を出した。

「去年死んだ」

「えっ……」

驚きに言葉を失った漣を見る隆一の目が、ふいにチカリと光った気がした。

「ガンだった。分かった時にはもう手遅れで、どうにもならなかった」

「……そうだったの。ぜんぜん知らなくて……。子供の頃、ずいぶん可愛がってもらったのに……。

ごめんなさい」

「お前が謝ることじゃない」

隆一が半分ほど残っていた酒を一息に飲み干すと、ロックグラスの氷がカラリと音を立てた。

何かに堪えるように隆一は軽く唇を噛み、小さく首を振り、もう一度ため息をついた。

漣が黙っておかわりを差し出すと、隆一は恥じらったようにうっすらと笑った。

「お母さんは元気なのか」

「この間、電話で話したけど、なんとか元気そうだった。元々、身体が丈夫じゃないし、去年、心臓の手術もしたから、あんまり無理させたくないんだけど……」

「お前のことは、知ってるのか」

隆一の言葉が終わらないうちに、漣は硬い声で遮った。

「知ってるわけないじゃない」

「そうだろうな……」

声音に嘲《あざけ》りの色が滲んでいるのを感じ取り、漣は唇を噛み締めた。

「僕も親不孝してるけど、母さん、父さんに気を遣いすぎるから……」

氷が溶けてさらに薄くなった水割りを一口飲むと、漣は気持ちを切り替えるように微笑んだ。

「……隆一さんは、すごく腕の立つＴＡＭなんでしょう?」

「誰から聞いた。……ああ、笠原さんか。笠原さんにも指名されるのか」

漣は首を振った。

「拓海が教えてくれたんだ。この間、四人で食事をしたじゃない。それで、隆一さんは何をしてる人なのか気になって、笠原さんに訊いたみたい」

さして興味なさそうに、隆一は小さくうなずいた。

「すごいね、隆一さんは……。アメリカへ勉強しに行って、ほんとによかったよね……」

成功した隆一の姿を見ることができて、本当によかった。思い残すことは、もうない――。

悲哀を噛み締めるように思った時、考えるより先に言葉が口からこぼれ出ていた。

「あの……。隆一さんとは、これが最後になるかもしれない……」

ハッと漣の方へ顔を向けた隆一の表情が、わずかに強張った。

「どういうことだ。もう、俺に指名されるのは嫌になったのか」

「そんなことない」と、漣は慌てて否定した。

「第一、よほどのことがない限り、僕達に指名を拒否する権利なんかないし……」

「だったら、どうして最後なんだ」

「まだ決まったわけじゃないけど。多分、身請けされることになると思うんだ」

「身請け……？」

伏し目がちに、漣は小さくうなずいた。

「そうか……」

素っ気なく聞こえた隆一の呟きが、漣の胸に哀しい波紋を広げた。

別に、顔色を変えて引き留めてくれるとは思っていなかったけれど、やっぱり、心のどこかではそれを願っていたのかもしれなかった。

「そいつが好きなのか？」

「えっ……？」

「身請けされる男が、好きなのかと訊いてるんだ」

怒ったように繰り返され、漣は思わず首を振ってしまった。

「好きでもない男に、身請けされるのか」

「仕方がないよ……」

込み上げた涙をグッと堪え、漣はできるだけさばさばした口調で言った。

「父さんの会社、やっぱり大変みたいなんだ。ベンチャー企業と組んで始めた技術開発の資金がショートしちゃったみたいで……」

「金のために、身を売るのか」

「まあ、そうだけど……。今だって、同じようなものだし……」

手にしていたグラスの酒を喉奥へ流し込むようにして飲み干すと、隆一は叩きつけるようにグラスを置いた。タン、という鋭い音が、漣の耳を打った。

気圧《けお》されたように口を噤んだ漣を、隆一が鋭い目で見た。

「お前は親父さんとは折り合いが悪かったんじゃないのか？　それなのに、どうしてそこまでして親父さんを助けようとするんだ」

「父さんのためじゃなくて、母さんのためだよ。これ以上、資金繰りが悪くなったら、社員や取引先に迷惑をかけることになるって、すごく心配して気を揉んでるんだ。それに、父さんのこと、好きじゃないけど、感謝はしてる。母さんが僕を引き取りたいって言った時、間宮の親戚《しんせき》はみんな僕を施設へやるか養子に出せって言ったらしいけど。父さんは、しぶしぶでも母さんの希望を受け入れてくれた。ずっと僕を厄介者扱いしてたけど、ほんとに追い出したりはしなかったし。母さんが僕に習い事をさせたり塾へ通わせたりしても、無駄金がかかるってさんざん厭味は言っても、強引にやめさせたりはしなかったし」

漣が俯きがちにボソボソと話すのを、隆一は黙って聞いていた。

「やめちゃったけど、大学にも入れてもらった。引き取って育ててくれたのは母さんだけど、養ってくれたのは父さんだと思ってるから……」

澄んだ笑みを浮かべた漣を、隆一は微かに目を瞠るようにして見ていた。

照れたように目を伏せ、漣は「偉そうなこと言っちゃった」と口元だけで薄く笑った。

耳元で、ため息がした。

「親父さんの会社が助かれば、相手は誰でもいいんだな」

漣は黙って小さくうなずいた。

「だったら、俺がお前を身請けしてやろう」

「えっ……」

思ってもみなかった話に、漣は思わず目を瞬《しばた》かせた。

隆一には恋人がいるのに、どうして急にそんなことを言いだしたのか理解できない——。

困惑が広がった漣の顔を見る隆一の表情に、冷ややかな笑みが広がった。

「勘違いするなよ。愛人としてじゃない。俺の接待係として、必要に応じて客に足を開いてもらう。そのために身請けしてやると言ってるんだ。その代わり、親父さんの会社は俺が必ず助けてやる」

言葉もなく、漣は隆一の暗く沈んだ静かな目を見つめた。

嘘でも冗談でもなく、隆一は本気で言っているのだと思い、心臓が苦しいほど締めつけられる。喉がカラカラに渇いて粘《ねば》り着き、声を出そうにも出てこない。

「……分かっ……た」

漣はやっとの思いで言った。

「隆一さんの言うとおりにする」

答えた瞬間、心の一番深い奥底から突き上げるように込み上げてくるものがあった。堪えきれず溢れそうになったものを、漣は辛うじて押しとどめた。

「ありがとう、隆一さん……」

なけなしの気力を懸命に振り絞ると、漣は口元だけでうっすらと微笑んだ。


都内屈指《くっし》の高級住宅街に建つマンションに、隆一の住まいはあった。

地上二十階、地下一階。その最上階にある隆一の部屋からは、陽に光る川面《かわも》やその向こう側にある都心の高層ビル群、そして東京タワーが見えた。

漣が隆一に身請けされてから、そろそろ一ヶ月が経とうとしていた。

「おはよう。朝ご飯、作ってみたんだけど……」

リビングダイニングのドアを開けて廊下へ顔を出した漣は、寝室から出てきた隆一に声をかけた。

もうすでに三つ揃いスーツをピシッと着て、コートとアタッシェケースを持った隆一は、返事もせず玄関へ行こうとしている。

「……隆一さん」

振り向いた隆一の眉間のしわを見て、漣は続く言葉を呑み込んだ。

「そういうことは、しなくていいと言ったはずだ」

「ごめんなさい……」

つい癖《くせ》でそう口走ると、隆一の目はますます不機嫌に眇《すが》められた。

「帰りは遅くなる。昨夜のように待っていなくていいから、先に寝ていろ」

それだけ言い捨てると、隆一は漣の返事も聞かず靴を履き出かけていってしまった。

目の前で、玄関ドアがバタンと閉まる。

立ち竦んだままうなだれ、漣は唇を嚙んでため息を押し殺した。

胸を覆い尽くした落胆が、苦い哀しみにすり替わっていく。

漣が取り残された、十五畳あまりの広々としたリビングダイニングには、およそ生活感というものが感じられなかった。

オフホワイトのコーナーソファに、しゃれたフォルムのガラステーブル。大型テレビが嵌め込まれたサイドボードの横には、シンプルなデザインのフロアスタンドが置いてある。

バルコニーへ通じるガラス戸の脇には、ベンジャミンの大きな鉢植《はちう》えが彩りを添えていた。

漣がここへ連れてこられた時はパキラの鉢植えだったのに、一昨日、ハウスキーピングの業者が来た後に見たらベンジャミンに替わっていた。

清掃が行き届き、整然と設えられた部屋には、読み止《さ》しの雑誌があるわけでも、脱ぎ捨てた衣類やコーヒーカップが置きっぱなしになっているわけでもない。

まるで、モデルルームで生活しているような気がする、と漣は思っていた。

肩を落とし、漣はしおしおとダイニングテーブルへ戻った。

テーブルには、卵焼きや鯵《あじ》の開きなど、漣が子供の頃から馴れ親しんだ献立《こんだて》が並んでいる。

漣は、隆一がこの部屋で寛いでいるところを、まだ一度も見たことがなかった。

朝はコーヒーすらろくに飲まず出勤し、帰宅は深夜で、当然食事は外ですませてくることになる。

休日も朝から外出してしまうことが多く、たまにいてもときおりコーヒーを淹れに出てくる以外は書斎《しょさい》にこもりきりで、食事はひとりでさっさと外へ摂りに行ってしまう。

隆一は接待の道具として、漣を身請けしたはずだった。

だがこの一ヶ月、漣が接待に使われたことは一度もなかった。

それどころか、隆一は漣の存在すら忘れているのではないか、と思うような暮らしぶりである。

漣だって、いくら隆一のためとはいえ、見も知らぬ男に抱かれたくはないから、自ら進んで接待の場に出たいわけではけしてない。

だからといって、何もすることのない無為徒食《むいとしょく》の日々にも堪えがたいものがあった。

何か一つでも、隆一の役に立てることはないだろうか――。

掃除は、ハウスキーピングの業者が定期的に来てやっていくし、そもそも生活感のまるでない部屋はほとんどその必要もないくらいだった。

考えた末、昨日の朝、キッチンを使って料理をしてもいいかと恐る恐る訊《たず》ねたら、好きにしろと言われたので朝食の用意をしてみたのだが、どうやら気に入らなかったらしい。

食欲などすっかり失せてしまっていたが、炊飯器から炊きたてのご飯を茶碗《ちゃわん》に盛り、豆腐《とうふ》とわかめの味噌汁《みそしる》を椀によそうと、漣はひとりで食事を始めた。

ほうれん草のおひたしを食べ、卵焼きを口に押し込む。味噌汁を流し込み、鯵の開きを八つ当たりするように少々乱暴にむしった。

自分の分を食べてしまうと、隆一の分の皿に手を伸ばした。

すでに満腹になっていたけれど、まるで自分の腹中へ捨てるように意地になって食べ続けた。

「朝からこんなに食べたら太るな。太ってお腹が出ちゃったら、接待要員失格しちゃうかも……」

食べすぎて膨らんだ胃をさすりながら呟いてから、漣はついため息をついた。

ベルフールからここへ連れてこられてから、接待どころか、隆一にも指一本触れられていなかった。

マンションは3LDKなので、隆一が書斎として使っているバルコニーに面した部屋と主寝室のほかに、もう一つ部屋があった。

隆一は漣に、空いていたその部屋を使うようにと言ってベッドや机などの家具を入れてくれた。

つまり、同居しているが寝室は別、ということである。それは、隆一には恋人がいるからだろうと漣は慮《おもんぱか》っていた。

隆一が不在がちなのは、仕事が忙しいこともちろんあるだろうが、恋人の部屋で過ごす時間が多いせいではないのかと思う。

でもそれなら、自分には別に部屋を借りて住まわせた方がいいのではないかと思う。

隆一の恋人は、隆一が漣と同居していることを承知しているのだろうか。

どちらにしろ、隆一の恋人のことを思うと、この部屋にいることが申しわけなくて、漣は肩身が狭くてならなかった。

できることなら、別に部屋を借りてここを出て行きたいが、接待用の男娼として隆一に飼われている身ではそれもままならない。

「……ぐるぐる考えても仕方ないか……」

もう一度ため息をついて立ち上がると、漣は食べ終わった食器をキッチンへ運んだ。

残ったご飯を一膳《いちぜん》分ずつ軽く握ってラップに包み冷凍してから、鍋《なべ》や食器の後片づけをした。

初めてキッチンへ入った時、まるでキッチン用品のショールームのようだと思った。

何しろ、大型の冷凍冷蔵庫にはミネラルウォーターのペットボトルしか入っていなかったし、最新型のオーブンレンジや炊飯器に至っては購入して梱包《こんぽう》を解いただけといった状態だった。

鍋はフランス製のホーローウエアがセットで揃っていたが、カップボードに並んだ高価そうな食器類ともども、どれも新品で使われた形跡はなかった。

唯一活躍しているのがコーヒーマシンで、調味料の類は何一つ置いていなかったのだから、隆一は本当にキッチンを使う気はさらさらないということなのだろう。

だったら、こんなにお金をかけることないのに――。

宝の持ち腐れとは、まさにこういうことを言うのだ、と漣は呆れた。

洗い物をすませると、バルコニーへ出てみた。

風は冷たいが、暖かな陽射しを浴びながら外の空気を吸うのは気持ちがいい。

「僕はここで、何をしてるんだろう」

青空を背景にすっきりと立つ東京タワーを見つめ、漣はぽつりと呟いた。

『先を越されたと、鷺沼さんががっかりするだろうな。でも、お前は男娼には向いていないし、お前のためにはこれが一番よかったと思う』

漣が隆一に身請けされると決まった時、玖木に言われた言葉である。

玖木が、今の漣の状況を見たら、なんと言うだろう。

バルコニーから室内の方を振り向くと、外光に馴れた目に、生活感の乏《とぼ》しい部屋は、まるで漣という異物を拒否しているかのように暗く沈んで見えた。

不意に、チノパンのポケットの中で携帯電話が鳴った。

拓海かな、と漣は思った。

漣が隆一に身請けされることを、誰よりも喜んで祝福してくれたのは拓海だった。

『これからも、友達でいよう。もしも困ったことがあったら、いつでも、なんでも相談に乗るよ』

そう言ってくれた拓海は、時々、どうしているかと電話をくれたりもしていた。

でも、携帯電話を取り出してみると、案に相違して父の徹雄からだった。

『漣か？』

「……うん。会社の方はどう？」

『昨日、芦崎の小倅《こせがれ》がまた来た』

徹雄には、隆一がTAMをしていることと、会社のことを相談したら力になってくれると言っているということだけ伝えた。

その上で、会ってみる気があるかと訊くと、最初は隆一の世話になんかならないと怒った。

だが、それなら会社が潰れてもいいのか、と漣が迫ると、隆一に会うことをしぶしぶ同意した。

最初の対面は漣を含めて三人で、漣が父の会社の経営難を打ち明けてすぐのことだった。

それから何度か、隆一は父の元へ足を運んでくれているらしい。

徹雄の横柄な口調に眉を寄せつつ、漣は「それで、どうなったの？」と先を促した。

『台湾《たいわん》の企業と、技術提携しないかという話を持ってきた』

「どうするの？」

問いかけに、徹雄はやや返事を渋ったものの、『そう悪い話でもなさそうだ』と嫌そうに答えた。

「だったら、いいじゃない。隆一さんはすごく腕の立つTAMだそうだから、力を借りた方がいいよ」

『ふん……』と、徹雄は面白くなさそうに鼻を鳴らしている。

『なんでこの俺が、芦崎の小倅に指図されなくちゃならないんだ』

「指図だなんて……。アドバイスだろ」

『モノは言い様だな』

「……父さん……」

思わず窘めた漣に、徹雄は『分かってる』とさもうるさそうに言った。

『ところで、お前、芦崎の小倅とは、ずっと連絡を取ってたのか』

「えっ……。別にそういうわけじゃ……」

『それなら、あいつがTAMだって、誰から聞いたんだ』

「それは……」と、漣は言い淀んだ。

隆一がベルフールの会員になってまで漣に会いに来た、とは言いたくなかった。

漣との関係について、隆一はどう説明しているのだろう。

「隆一さんはなんて言ったの?」

『訊かなかった』

それは、訊かなかったのではなく、訊けなかったのだろうと思ったが、突っ込むのはやめておいた。

「お客さんから噂を聞いて、それで連絡を取って相談してみたんだよ」

『ヤツは知ってるのか、お前のこと……』

ああ、なるほどね……、と、携帯電話を耳に当てたまま、漣はうっすらと笑った。

徹雄は、借金のために息子に身売りまでさせたと、隆一に知られるのを惧《おそ》れているのだ。

傲慢《ごうまん》で人を人とも思わないような徹雄でも、世間体《てい》を気にする気持ちは残っていたらしい。

今日電話してきたのは、経過報告ではなく、自身の保身が心配になったからだった。

実は、漣が隆一に身請けされ同居しているのだと知ったら、父はなんと言うだろうか——。

「隆一さんには、何も言ってないから安心していいよ」

『そうか……。それならいいんだ』

案の定、それだけ言うと、徹雄はそそくさと電話を切った。

強化ガラスの手すり壁に背を預け、抜けるような青空を振り仰ぐ。

真っ青な空に、刷毛《はけ》ではいたような飛行機雲が一筋浮かんでいた。

「どこか、遠くへ行きたいな……」

見る間に薄れ消えていく飛行機雲を見つめ、漣はぽつりと呟いていた。


その晩、隆一が帰宅したのは、十一時近くなってからだった。

リビングへ行こうともせず、すぐに寝室へ入ってしまおうとしていた隆一を、自分の部屋から出ていった漣が呼び止めた。

「隆一さん、話があるんだけど」

「明日にしろ」

ドアのレバーハンドルに手をかけたまま、隆一はすげなく突っぱねた。

「でも、明日も朝から仕事に行っちゃうじゃない。帰りだって、また遅いんでしょ」

隆一がさも苛立たしげに、鬱陶《うっとう》しそうな視線を投げてきたが、漣は引き下がらなかった。

もう、まるでこの部屋の備品のように、無視され放り出されている生活には堪えられなかった。

「そんなに僕のことが煩わしくて、顔を見るのも嫌なら、どうしてここへ連れてきたの？　僕は、別に部屋を借りてもよかったんだ。一緒にいなくたって、逃げたり約束を破ったりはしないよ？」

「それはどうかな」と、隆一は唇の端を歪め、辛辣《しんらつ》な口調で言い返してきた。

「お前は俺を、平気で裏切って捨てたからな」

痛いところを突かれ、漣は思わず目を伏せた。

「……それは、悪かったと思ってる。隆一さんを傷つけたことは謝るか……」

「別に、謝ってもらわなくてもいい」

漣の言葉を遮って、隆一はぴしゃりと言い放った。

その鼻先で戸を立てるような語気の荒さに、隆一の怒りが滲み出ている。

ごめんなさい……。喉元まで出かかった口癖を、漣はすんでのところで呑み込んだ。

「今日、父さんから電話があったんだ」

「親父さん、なんだって？」

隆一の口調が、いくぶん和らいだのにホッとしながら、漣は言葉を継いだ。

「台湾の企業との技術提携の話を、隆一さんが持ってきてくれたって……。なかなかいい話だと思うから、ぜひ検討したいって……」

父親の言葉とはかなりニュアンスが違うが、この状況で本当のことは言えない。

やっぱり、隆一の言うとおり、自分は嘘つきの裏切り者だ、と漣は胸の裡で自嘲した。

「それで？」

素っ気なく返され、漣はひくりと肩を揺らした。

「……その、さすがに隆一さんだなって思って……」

「別に、おだててくれなくてもいい」

「おだてるだなんて、そんなつもりは……」

「話はそれだけか」

漣が黙っていると、隆一はドアを開け寝室へ入ろうとした。

漣の存在そのものを拒絶しているような、隆一の背中を見た途端、何かが喉元まで突き上げてきた。その塊《かたまり》を吐き出すように、思わず叫んだ。

「僕は、いつまでこうしていなければいけないの？」

振り向いた隆一の目を、漣は気圧されまいと懸命に見つめた。

互いの視線が重なり絡み合う。意外なことに、先に視線を逸らしたのは隆一の方だった。

「僕は、その……。隆一さんは仕事の手伝いをさせるために、僕を身請けしたんでしょう？」

ふん、と、隆一は嘲るように鼻で嗤《わら》った。

「なんだ、もう男が欲しくて我慢できなくなったのか」

どうして、そんなひどい言い方をするのか。

大きく目を見開き、漣は強く首を振った。あまり強く振りすぎたせいで血の気が引いて、貧血を起こしそうだった。

「……ち、違う……。僕はそんなこと……」

「無理もないか。汀は予約を入れなければ指名できない、売れっ子だったんだからな。それなのに一ヶ月も禁欲させられたら、身体が疼いて夜も眠れなくて当然か」

怒りと恥辱で全身がカーッと熱くなっているのに、身体の芯は凍《こご》えそうなほど冷え込んでいくのが分かった。切れそうなほどきつく唇を噛み、うなだれるように首を折る。

汀という男娼の実態を知らない隆一の目から見たら、漣はそんな淫乱にしか見えないのだと思うと、切なくて苦しくて堪らない。

でも、無理もない話だった。漣はベルフールの男娼だったのだから、夜毎《よごと》、男に抱かれ痴態を晒していたと思われて当然だった。

自分の身体に残された汚濁の染みを、鼻先に突きつけられたような絶望感に魘《おそ》われる。タールのように染みついたそれは、どんなに時間が経とうとも、消えることはけしてない。

それどころか、時間が経てば経つほど、染みは漣の心の奥深くまでアメーバのように浸潤《しんじゅん》していくのかもしれなかった。

そしてそれは、隆一にとっては、腐臭を放つ汚点として唾棄《だき》されるべきものに違いなかった。

もう、隆一と一つの想いを共有していた頃の自分に戻ることは二度とできない。

心に石を投げつけられたようだった。ズシリと重みのある尖《とが》った石は、漣の心をギザギザに引き裂き、諦めという波紋を広げながら深い底へと沈んでいった。

「……そうだよ」と、漣は抑揚《よくよう》のない声で呟いた。

さらさらと流れる髪をかき上げ、漣は俯いていた顔をゆっくりと上げ隆一を見た。

隆一は変わらず目の前にいるはずなのに、なぜか霧《きり》がかかったようにすうっと姿が薄れ、それと同時に周囲の色もモノクロの映画を見るかのように失われていった。

自分は今、どんな顔をしているのだろう。

間違っても、みっともなく泣き出しそうな顔などしたくない。

「僕を誰だと思ってるの？　僕はベルフールの汀だったんだ。だからこそ、隆一さんだって利用価値があると思って、僕を身請けしたんでしょう？」

まるで挑発するように、上目遣いに蠱惑的《こわくてき》な眼差しで隆一を見る。

漣の潤《うる》んだ目に吸い込まれるように、隆一の視線が絡みついてくる。いつの間にか、隆一の双眸は欲情に黒々と濡れ光っていた。

僕にはもう、行くところも帰るところもないんだ――。

絶望感と濃い諦念《ていねん》が、渦を巻いて漣を呑み込もうとしていた。

「なるほどな……」と、喉に絡んだ声で隆一が言った。

ドアハンドルを強く握りすぎたせいか、隆一の指は白く色を変えていた。

それを、漣は隆一の怒りの証《あかし》だと思った。

「さすがに、ベルフールの売れっ子だっただけはある。お前が熟《う》れすぎて溶け出してしまう前に、スケジュールを組むことにしようか」

冷笑するように言っておきながら、隆一は気持ちの乱れを持て余すような心許《こころもと》なげな目で、漣の方をちらりと見やった。それから、まるで逃げるように寝室へ入っていってしまった。

パタンとドアが閉まる音が、俯いた漣の耳に届いた。

取り残された漣は、黙ってスリッパを履いた自分の足先を見つめていた。

表面張力を破り、限界まで溜まった涙がぽとりと落ちる。

それでも、漣はじっと目を見開いたまま動かなかった。

瞬きをして自ら涙を流してしまったら、堪えに堪えた感情の堰が切れてしまいそうな気がする。

ぽとり、とまた一滴、涙が床に滴り落ちた。

のろのろとゼンマイ仕掛けの古いオートマタのように顔を上げると、漣はぎくしゃくとリビングへ向かって歩き出した。

青白い月の光に照らされて、リビングは深い海の底のように暗く沈んでいた。

窓の外の光の渦の中に、オレンジ色に光る東京タワーが見えている。

灯りもつけないままキッチンへ行き、カウンターに置いてあったスプリングバンクのボトルを摑む。

蓋を取り、ロックグラスに乱暴に注ぐと、氷も入れずに喉奥へ流し込んだ。

強すぎるアルコールに、漣は激しく噎せた。

喉から胃まで、ウイスキーが粘膜を灼きながら流れ落ちていくのが分かる。

胸の底に沈んだ哀しみをも酒で押し流してしまおうとするように、無理矢理もう一口飲んだ。

「……僕を誰だと思ってる……か……。なんで、あんなこと言っちゃったんだろ。あんなこと、言わなければよかった……」

酒で濡れた唇が、自嘲に歪む。それを、手の甲で乱暴に拭いながら何気なく振り向いた時、東京タワーのオレンジの光が闇に溶けるようにふっと消えた。

代わりに、いくつかの赤い小さな光が、東京タワーの存在を示すように点滅している。

その赤い小さな光が、不意に目の中で揺らめき滲んだ。

ぐうっと、熱いものが迫り上がってきて喉元を突く。

意地でも泣くまいとして、漣はふるえる唇を噛み締めた。

それでも、堪え損ねた嗚咽に喉が鳴っていた。泣くな、と、漣は必死に自分で自分を叱咤した。

今ここで泣いてしまったら、ずっと胸の底に押し殺し封印してきた隆一への想いが、すべて溢れ出し止まらなくなってしまう。

漣は急いで赤く瞬く光から目を逸らすと、グラスに残った酒をあおるように流し込んだ。


三日後――。

シャワーを浴び、バスローブを羽織っただけの姿で、漣は灯りを落とした自室のベッドに座り込んでいた。手の中には、ベルフールでクレームがついた時に、玖木に渡されたエネマグラがある。

隆一に身請けされることになり、住んでいた部屋を引き払った時、ここへ運んできたのは身の回りの物だけで、ほかはほとんど処分してしまった。

でもこれは、迂闊《うかつ》に捨てて万が一人目に触れたら恥ずかしいと思い、処分しそびれてしまった。

もう二度と使うことはないと思っていたエネマグラを、引き出しの奥から取り出してきたのは、隆一に接待のスケジュールを入れると言われたからだった。

あれから三日、少しずつ気持ちが鎮まってくると、今度は隆一に身請けされてから、心の片隅へ追いやり目を逸らしてきた不安がむくむくと頭を擡《もた》げてきた。

客に抱かれた時、また勃たなかったらどうしよう――。

幸いなことに、まだ隆一から具体的な話は何もないが、いざとなった時、漣が役立たずでは隆一の顔を潰すことになってしまう。

隆一に恥をかかせるわけには絶対にいかないと思った時、思い出したのが、ベルフールで玖木に言われた言葉だった。

『……客に抱かれてもしも勃たないと思ったら、自分でこっそりそこを刺激して勃たせられるくらいにならなければダメだ……』

そこ……、つまり会陰を自分で刺激して勃起させ、感じているふりをしろということである。

そんな器用なことが自分にできるのかどうか、自信はまったくなかった。それでも、ほかにいい考えも方法も思い浮かばず、しまい込んであったエネマグラを取り出してみたのである。

まだ夜の八時を過ぎたばかりだから、もうしばらく隆一は帰ってこないはずだった。

やってみるなら、今のうちだ――。

意を決し、漣は股間へ手を伸ばした。

まず、会陰……、俗に蟻の門渡《とわた》りと言われる辺りを、指先でそっと刺激してみる。くすぐったいような感じがするが、快感とまではいかない。もちろん、勃起もしていない。

「やっぱり、エネマグラも入れないとダメかな……」

起き上がり、漣はナイトテーブルに置いたエネマグラと潤滑剤のボトルを手に取った。

たっぷりと潤滑剤を塗りつけたエネマグラを、自ら体内へ押し込んでいく。

ぽってりと中太のエネマグラの軸が、漣の前立腺を押し潰す。思わず息を吸い込むと、曲線を描いた蔓《つる》状の部分で会陰がグリッと押され背筋にふるえが走った。

身体は確かに、玖木にエネマグラを入れられた時の快感を覚えている。

ベッドに横たわり、漣は目を閉じてゆっくりと深呼吸を繰り返した。

不意に、エネマグラを咥え込んだ後孔がひくつくように反応した。同時に、身体の奥から疼くような快感が湧き上がってきた。

思わず、喘ぐようにさらに深く息を吸い込むと、連動するようにエネマグラが体内で蠢く。

前立腺を刺激され、堪らず後孔を締めると、さらに強く前立腺が押され、強烈な快感が腰から背筋を駆け抜ける。

エネマグラによる、快感の連鎖が始まっていた。

「……んっ……」

眉間に悩ましげなしわを寄せ、漣は愉悦《ゆえつ》の波に身を任せようと身体の力を抜いた。

身体の奥で淫らな動きをしているのは、エネマグラなどという卑猥《ひわい》な道具ではなく、愛する隆一のものだと思おうとする。

「……隆一さん」

小さな声で、縋るように呼んでみた。

「好き……。隆一さんが好き……」

本当は、隆一以外の誰にも抱かれたくなんかない。隆一以外の男には、触られるのも嫌なのにこんないかがわしいことをひとりでしている。

どうやら、罪悪感は快楽の絶妙なスパイスになったらしく、身体の中心が熱くなっていた。

ぬるぬると先走りでぬめるペニスを、思わず両手で握り締める。

すると、それだけで達ってしまった。

「……ぁ……あっ……んんっ……」

白濁を吐き出してなおいきり立つ自分自身を握ったまま、半ば無意識に腰を振った。

体内で、エネマグラが前立腺を圧迫し、同時に会陰を押し上げる。

途端、括約筋が収斂《しゅうれん》し、身体の芯が熱く引き攣れ、強烈な射精感に襲われた。

凄《すさ》まじい勢いで渦を巻き始めた快楽の中心で、漣は溺《おぼ》れまいとして身を捩《よじ》った。

だが、身じろいだことで、よけいに深く呑み込んだエネマグラを蠕動《ぜんどう》させてしまい、さらなる快感を呼び込むことになった。

もう自分では、コントロールできなくなっていた。次から次へと押し寄せる粘り着くような愉悦の波に絡め取られ翻弄され、次第に何も考えられなくなっていた。

おそらく、隆一が不在で周りに誰もいないという安心感が、漣の抑制力を常よりも弛ませることになったのだろう。

「あっ……、またく…るっ……、あーーーーっ！」

頭の芯が白く発光して、腰から下が蕩けるような錯覚に襲われ嬌声を迸らせる。

自分で自分の声に煽《あお》られ、さらなる快感の深みへと自らダイブし溺れていく。

快楽の極みを浮遊していた漣は、突然、部屋が明るくなった気配に閉じていた目を開けた。

眩《まぶ》しさに目を瞬かせながら視線を巡らせると、ベッドサイドに隆一が立っていた。

「…りゅ……い…ち……さん……？」

幻でも見ている気がしてぼんやり呟いた次の瞬間、一気に血の気が引いていた。

慌てて起き上がろうとしたが、手足に力が入らない。

無様にもがいている漣を、隆一は怖いほど冷たい目で見下ろしていた。

「何をしているんだ」

「あ…あの……、こ…れは……っ……」

混乱した漣の中で淫具が蠢く。

「ぁ…んっ……」

性懲《しょうこ》りもなく小さく洩れてしまった喘ぎに、隆一の眉がきつく寄せられた。

カーッと赤面しながらもがくように起き上がると、漣は急いでエネマグラを体内から引き抜き枕《まくら》の下へ押し込んで隠した。

「お前、本当にそこまで男に餓《う》えていたのか」

嘲るような口調に、漣は力なく首を振った。

「違う。違うんだ……」

「何が違うんだ」

「だ…から、これは……その……」

まさか接待の場で勃起しないといけないから、特訓していたとは言えないし、言いたくなかった。

「お前が、ここまで淫乱に成り下がっていたとは思わなかった」

「……い……ん……乱……」

うずうずと身の内にこもっていた狂乱の余韻《よいん》が一瞬で引いて、見開いた漣の目から涙が溢れた。

隆一にそう思われていることは知っていたが、こんな状況で面と向かって嘲るように口にされると、心臓を抉られるように辛かった。

薄く開いた唇が、微かにふるえる。

「ひどい……。そんな言い方、ひどい……」

掠れ声を、漣は振り絞った。

喉元を突く嗚咽を必死に噛み殺そうとした時、漣の中で何かが音を立てて崩れ落ちていった。

「僕が淫乱だって非難するなら、どうして僕を身請けしたりしたの？　僕が男娼だったのは、隆一さんだってよく知ってることじゃない。その上で、役に立つと思ったから身請けしたんじゃないの？　それなのに、そんな風に言うなんて……」

シーツを握り締めた拳の上に、大粒の涙が滴り落ちた。

「……悪かった。言葉が過ぎた。許してくれ」

思いがけず、隆一は素直に詫びの言葉を口にした。

「まさか、お前がひとりでこんなことをするとは思わなかったから。驚いてしまって、つい……」

「……僕はもう、隆一さんが知ってる漣じゃない……」

隆一の視線から逃れるように顔を背け、漣は力なく言った。

「ああ……、そうだな」

苦しげな隆一の声が胸に突き刺さる。

隆一も、かつてつき合っていた、まだ十代だった頃の漣と今の漣との、大きすぎるギャップを埋められずにいるのかもしれない。

頭ではそう思っても、傷ついた心がギシギシ軋む辛さに、漣はどうしても堪えられなかった。

「……出て行って。僕をひとりにして……」

掠れた声を振り絞り、半ば哀願するように言う。

喉元を突く嗚咽を呑み込む度に、心が切り刻まれていくようだった。

隆一にとって自分が単なる接待要員にすぎないことは、充分に理解しているつもりだった。

恋人でもないのに、同じマンションに住まわせてもらっているだけでも感謝しなければならない。

これ以上望んだら罰が当たると、ちゃんと分かっている。

でも——。

隆一が好きで堪らないから、朝に晩に隆一の顔を見て暮らすのは、切なくて苦しくて息が詰まる。

「お願いだから、出て行って。ひとりになりたいんだ……」

胸の奥底に隠した想いが溢れ出してしまう前に、どうしてもひとりになりたかった。

隆一にはちゃんと恋人がいるのだから、今さら想いを告げたりして困らせたくない。

その一心で唇を嚙み締めると、新たな涙が噴きこぼれた。

哀しさと切なさが膨れあがって、胸が潰れそうに痛い。

いったい、いつまでこの苦しみに堪えなくてはならないのだろう。

絶望的な気持ちに囚われながら、漣は出て行ってと繰り返し続けた。

重いため息が聞こえ、隆一は部屋から出て行った。

静かにドアが閉められた途端、思い詰めていた気持ちが粉々に砕け散っていた。

堪えきれない激情が一気に押し寄せ、漣は声をあげて泣き伏した。

泣いて泣いて泣いて、しまいには何が哀しくて泣いているのか分からなくなってしまっても、漣は身を揉んで号泣し続けた。

隆一と別れてエル・ド・ランジュのホストになると決心した時も、ベルフールの男娼に堕ちると覚悟した時も、これほどには泣かなかったのに——。

身体中の水分がすべて涙となって流れ出してしまうのではないかと思うほど、漣はいつまでも泣き続けていた。

朝起きた時は陽が出ていたのだが、雨が近づいているのか、いつの間にか雲が低く垂れ込めていた。

その厚い雲の下を、鳥が二羽、前になり後ろになりしながら、縺《もつ》れ合うように飛んでいく。

パジャマのままベッドの上で膝を抱え、漣は幼い頃の憧憬を追うように、飛んでいく二羽の鳥にじっと目を凝らしていた。

遠ざかる鳥の姿は次第に小さくなり、最後は豆粒のようになって灰色の空に吸い込まれてしまった。

あの衝撃的な夜から、すでに一週間が経っていた。

あれから、漣は一度も隆一と顔を合わせていない。

翌日、週末にも拘らず、いつもよりずいぶん早く出勤していった隆一の帰りは、日付が変わってからだった。以来、早朝に家を出て、深夜遅くに帰宅する日々が続いている。

隆一に避けられているのかもしれない、と漣は思っていた。

漣の方でも、どんな顔をして隆一の顔を見ればいいのか分からなかったから、顔を合わせずにすむのは助かるのだが、避けられていると思うとやはり寂しくて哀しい。

でもそのおかげで、危《あや》うい緊張感を孕《はら》んだままだったが、隆一と漣の平穏《へいおん》はどうにか保たれていた。

それなのに、どうしたわけか、今日はいつまで経っても隆一が出勤していく様子がない。

もしかして日曜日だったかと壁のカレンダーを見たが、まだ金曜日だった。

今さら出て行くのも気まずいから、早く出かけてくれないかな。

息苦しさに堪えかねた漣が、そう思った時、突然、ドアがノックされた。

ギクリと肩を揺らし、漣はドアの方を窺った。

「漣、まだ寝てるのか?」

寝たふりをするべきか否か、判断に迷っていると、「一緒にメシでも食わないか」と、宥め賺すように誘われてしまった。

あまりにも思いがけなくて、咄嗟に返事ができずにいると、再びノックの音が響いた。

「漣、開けるぞ」

もう一度声がかかり、慌てる漣の目の前で静かにドアが開いた。

隆一は部屋の中へ入ろうとはせず、ベッドの上で膝を抱えた漣を立ち竦むかのように見つめた。

「起きてるなら、出てきてくれないか。話があるんだ」

「……話?」

訝しげに問い返した漣の双眸を真っ直ぐに見て、隆一は静かにうなずいた。

「今日、仕事は?」

「漣と話をしたくて休んだ」

「えっ……」

困惑に揺れる視線を、真摯《しんし》な色を湛えた隆一の目が追いかけてくる。

「もっと早く話したかったんだが、仕事が詰まっててどうにもならなくてな。でもやっと、休みが取れた。今日から三日間、漣とゆっくり話ができる」

それでは、隆一の話とは、わざわざ仕事を休まなければならないような重大な話だというのか。

いったい何を言われるのかと、漣の胸に陽射しが陰るように不安が広がっていく。

心細げに曇った漣の表情を見て、隆一は宥めるように薄く微笑んだ。

「もう十時過ぎてるぞ。腹、減ってるんじゃないのか」

まるで機嫌を取るようなその口調に戸惑いはますます大きくなって、漣は警戒するように上目遣いに隆一を見た。

そんな漣に、隆一は無理強いはせず「待ってるから」と一言言い置いて、部屋から出て行った。

今日から三日間ということは、日曜日まで隆一は家にいるということだった。

ここで一緒に暮らすようになってから、隆一は休日出勤は当たり前で、まして平日に休みを取ったことなど一度もなかった。

その隆一が、漣と話すために休みを取ったという――。

「話って、なんだろ……」

思い当たることと言えば、やはり先週の出来事だった。

でも、いよいよ接待の予定を入れた、という話なら、何も三日もかけて話す必要はないように思う。

それでは、いったいなんなのか――。

漣がぐずぐず出て行かなければ、隆一はまたここへ呼びに来るだろう。隆一の話の内容も気になる。

仕方なく、漣はのろのろとベッドを降り着替えをするとリビングへ行った。

隆一はどこにいるのかと見回すと、キッチンからひょいと顔を出した。

「来たか。すぐできるから、座って待ってろ」

「隆一さんが、朝ご飯作ってるの？」

てっきり、何か弁当でも買ってきたか、さもなくばレンジメニューを温める程度だと思っていた。

「作ると言うほどたいした物じゃない」

どことなくぎこちない口調で言って、隆一はキッチンへ引っ込んでしまった。

ダイニングテーブルには、向き合った形に鮮やかなターコイズブルーのランチョンマットが敷いてあり、ナイフとフォークもセットされていた。

漣が椅子に座ると、隆一が薄くスライスしたライ麦パンを籠に盛ってきた。

「このパン、どうしたの？」

「昨日、会社の近くのパン屋で買ってきた。事務の女性に教わったんだが、天然酵母《こうぼ》を使ってる店ですごく美味しいと評判らしい」

一緒に持ってきた蜂蜜《はちみつ》やジャムの瓶《びん》を並べながら、隆一が説明してくれる。

ジャムは、アップルシナモンだった。

「……これ……」

「好きだっただろ」

「覚えててくれたんだ」

アップルシナモンのジャムは、漣がまだ子供だった頃、大好きでよく食べていた。

ばつが悪そうに薄く笑って、隆一はキッチンへ戻っていった。

すぐにコーヒーの香りが漂い、チーズの焼ける香ばしくいい匂いがしてきた。

手持ちぶさたで妙に落ち着かず、漣はキッチンで立ち働く隆一の様子を窺った。

「何か、手伝うことある？」

「それじゃ、コーヒー淹れたから持っていってくれるか」

カウンターに、隆一が大ぶりのマグカップを二つ置いた。

揃いのマグカップが並んでいるのが気恥ずかしくて、漣は急いでテーブルに移した。

「よし、できた。簡単メニューだけどな……」

キッチンから出てきた隆一は、まだジュージュー音を立てているスキレットを運んできた。

木製プレートの上に置かれた熱々のスキレットには、とろりと溶けたカマンベールチーズの塊と目玉焼き、レタスの葉が一枚添えられていた。

「熱いうちに食べよう」

素直にうなずいてしまってから、なんだか急に照れくさくなって、漣は含羞んだように笑った。

「どうかしたか？」

「ここへ来てから、隆一さんとご飯食べるの、初めてだと思って」

「……そうだったな」

目を細めるようにして、隆一は感慨深げに呟いた。

隆一の視線は、漣を通り越してどこか遠くを見ているような気がした。

彫りの深い端整な隆一の顔に、なぜだかひどく寂しげな陰を感じる。

「何かあったの……？」

「どうして？」

「だって、急に休みを取ったりするから……。いつも、すごく忙しそうなのに」

「まあ、たまにはな……。とにかく、まずは食べよう」

漣の問いをはぐらかすように言って、隆一は籠に盛られたライ麦パンに手を伸ばした。

コーヒーを一口飲んでから、漣もライ麦パンを取った。

隆一は、とろりと溶けたカマンベールチーズに半熟の黄身を混ぜパンにつけて食べている。

漣もまねをしてみると、ライ麦パンの仄かな酸味にチーズと卵のまろやかな味わいがよく合った。

「美味しい……」

呟いた漣に笑いかけようとして、隆一はふとぎこちなく目を伏せた。

一瞬の後、今度はゆっくりと瞼を上げ、わずかに視線を揺らした。

「……隆一さん……？」

漣の中に生じた微かな違和感を払拭しようとするように、隆一が朗らかな声を張った。

「ジャムも食べてみてくれないか。パン屋の自家製だそうだ」

まだ子供だった頃、大好きだったアップルシナモンのジャムは、母の手作りだった。いつも、大きな鍋にたくさんリンゴを煮て、それをフィリングにしたアップルパイも焼いてくれた。

そう言えば、隆一のところへも、よくお裾分けに持っていったな、と懐かしく思う。

明日も明後日も、昨日と変わらない平穏な日が続くと、無邪気に信じていられた日々――。

子供の頃、何かにつけては漣を厄介者扱いする父親が怖くて大嫌いだった。母親とふたりだけで暮らせたら、どんなにいいだろうと夢見たこともある。

それでも、今思い返してみれば、そんなに不幸な子供時代ではなかったと思えるから不思議だった。母は、父の分を補ってあまりあるほどの愛情を注いでくれた。玩具《おもちゃ》も本も、人並み以上に買ってもらえたと思う。何より、漣の傍らにはいつも隆一がいてくれた。

向き合って座り、黙って食事をしている隆一の方を、漣はそっと盗み見た。

話があると言っておきながら、隆一が切り出す気配はまだない。

せっかくの和やかな雰囲気を壊してしまうのが怖くて、漣も黙って食事をした。

今日が早く思い出になってしまえばいいのに、と漣はぼんやり思った。

さんざん邪険にされた父との生活でさえ、時が過ぎ去ってしまえば、そんなに悪い日々ではなかったと思えるようになった。

それなら、隆一が作ってくれた朝食を一緒に食べた思い出は、きっと一生忘れられないすばらしく幸せな記憶になってくれるに違いない。

そんなことを取り留めもなく考えていたら、不意にインターフォンの音が鳴り響いた。

ドキリと顔を上げると、隆一がテーブルに置いてあった携帯電話を手にしている。

携帯電話を、インターフォンの子機として使えるように設定してあるらしい。

ディスプレイを見た隆一の眉が顰められ、表情も硬くなった気がした。

漣の方をちらりと見てから、まるで漣の目を憚るかのように、隆一は携帯電話を手にそそくさと席を立っていった。

誰が来たのだろう。

漣がここで暮らすようになってから、誰かが訪ねてきたことは一度もなかった。

もしかして、何か仕事の連絡かもしれない。

多忙な仕事をかなり無理して調整し、休みを取ったようなことを言っていたから、オフィスから何か緊急の連絡が来る可能性はあるだろう。

漣が振り返ると、隆一は携帯電話を耳に当てたまま、大股でリビングを突っ切り廊下まで出て行ってしまった。

皿に置いたライ麦パンを手に取ると、漣は端のところにジャムを少しつけて丁寧に囓《かじ》った。

口の中に、アップルシナモンの懐かしく優しい甘みが広がっていく。幼い頃の思い出と今日の記憶を一つにするように、歯応えのあるライ麦パンをゆっくり咀嚼した。

隆一は、なかなか戻ってこなかった。もしかしたら、エントランスホールの応接スペースへでも行ってしまったのだろうか。

スキレットには、まだチーズの塊が食べきれないまま残っていた。少しずつ熱を奪われ、とろとろに溶けていたチーズも固まり始めている。

コーヒーを飲み干すと、漣は立ち上がりカップやスキレットをキッチンへ下げてしまった。

隆一の分は置いたままにしておこうか迷っていると、隆一が難しい顔をして戻ってきた。

「……漣」と、隆一が硬い声で呼んだ。

「どうかしたの？」

言い淀み、隆一は小さくため息をついた。

「……隆一さん？」

「もうすぐ、間宮さんが来る」

「えっ……？」

一瞬、何を言われたのか分からず、怪訝に訊き返してから、ハッとして隆一を見た。

「来るって、ここへ来るの？　父さんが……？」

多分、例の技術提携の話をしに来るのだろう。

「隆一さん、今日は休みだって言えばよかったのに」

「会社へ行ったら、俺が休んでたんで、ここまで来たらしい」

つまり、父親はここへ押しかけてくるということなのか。

何か、込み入った話があるのかもしれない。

「僕がいない方がよければ、部屋に戻ってるけど？」

数瞬、隆一は思い迷うように漣を見つめた。

「隆一さん……？」

「……漣、これか……」

隆一が口早に何か言いかけた時、時間切れを告げるようにインターフォンの音が鳴り響いた。

ずかずかとリビングへ入ってきた父の徹雄は、明らかに酒に酔っていた。

赤ら顔で目は充血し、足下もふらついている。

眉を寄せ、非難がましい目で見ていた漣に気がつくと、徹雄は突然激高《げっこう》したように声を荒らげた。

「なんで、お前がここにいる！」

徹雄には、まだ隆一に身請けされたことを話していなかった。隠していたというより、隆一との仲をどう説明すればいいのか分からなかったという方がしっくりくる。

今も、たまたま隆一の部屋を訪れていたことにした方がいいのか、それとも同居していると正直に言うべきなのか、漣の中で咄嗟には整理がつかなかった。

漣が黙っていると、徹雄は酒臭い息を吐きながら近づいてきた。

「この野郎、バカにしやがって……」

酔いの滲むだみ声で凄《すご》むなり、徹雄は漣の胸ぐらを摑んだ。恐ろしいほどのバカ力で首を絞めるように捻《ひね》り上げ、そのまま漣をダイニングテーブルに押しつけた。

「間宮さん！」

慌てて割って入ろうとした隆一の手を邪険に振り払うと、徹雄は意味不明のことをまくし立てた。

「ふざけるなよ、漣！　俺をコケにしやがって！　このままですむと思ってんのか！」

「間宮さん、乱暴はやめてください。漣には関係のないことです」

徹雄からもぎ離すように奪い返した漣を、隆一が背中に庇ってくれた。

「とにかく座ってください。落ち着いて話しましょう」

「偉そうに指図するんじゃねえ！」

徹雄は今度は隆一に殴りかかったが、あっさり躱《かわ》され蹈鞴《たたら》を踏むようによろめき尻餅をついた。

「ちきしょう！」と、徹雄は拳で床を叩いた。

「そうか……。やっと分かった。お前ら、グルだったんだな！」

床に座り込んだまま、徹雄は怨嗟《えんさ》の滲む目を眇め、漣と隆一を睨《ね》め上げた。

「間宮さん、漣は関係ありません。漣は、何も知らないんです」

「嘘つけ！」

「隆一さん、グルってなんのこと？　父さんは、何をこんなに怒ってるの？」

背中越しに訊いた漣を、隆一が苦しげに振り向いた。

何か言いかけ、言葉を探しあぐねるように言い淀んだ隆一の向こうで、徹雄が喚《わめ》いた。

「技術提携だなんて、おいしいこと言って俺を騙《だま》しやがって。蓋を開けてみれば、経営統合だと⁉　体のいい乗っ取りじゃねえか！」

「えっ……」

まさか、という言葉を呑み込んで、漣は隆一を見つめた。

「隆一さん、どういうこと？　父さんの会社を、助けてくれるんじゃなかったの？」

「……漣、俺は……」

「もしかして僕のせい？　僕のことが許せなくて、だから……」

明らかな狼狽を滲ませ、隆一は漣の両肩に手を置いた。

「それは違う。違うんだ、漣……。漣のせいじゃない。漣は何も悪くない。漣は……」

必死に言い募る隆一の顔は、心なしか青褪めているように見えた。

両肩に、痛みを感じるほど隆一の指が食い込んでくる。

なんだか、隆一に縋りつかれているような気がした。

「僕に話があるって言ってたのは、このことだったの？」

漣を見つめていた隆一の目が、困ったように伏せられた。

男らしい顔立ちには不似合いなほど、長く密生した睫毛が削げた頬に影を落としている。

隆一はしばらく思い迷うように目を伏せていたが、静かに顔を上げると「ああ……」とため息をつくように肯定した。

「すまない。もっと早く、漣にはきちんと話しておくべきだった」

悔いるように隆一が言った時、漣はふとただならぬ気配を感じキッチンの方へ顔を向けた。

途端、冷水を浴びたように硬直していた。

いつの間に持ち出してきたのか、徹雄が包丁を握り締めて立っていた。

「父さん！」

漣の悲鳴のような声が合図だったかのように、徹雄は漣に向かって突進してきた。

「漣っ！」

鈍く光る包丁の切っ先が漣に突き刺さる寸前で、隆一が身を挺《てい》して庇ってくれた。

包丁は隆一の二の腕を掠め切り裂いたが、隆一は少しも怯《ひる》まず、徹雄から包丁を取り上げるとテーブルの上に置いた。

隆一の白いシャツの袖が、見る見る真っ赤に染まっていく。

慌ててキッチンへ飛び込んだ漣は、引き出しに入っていた新しい手拭いを持ってリビングへ戻った。

リビングでは血走った目をして肩で息をしている徹雄と、落ち着き払った隆一とが対峙《たいじ》していた。

漣は隆一に駆け寄ると、血に染まったシャツの上から傷を手拭いできつく縛った。

「ったく、汚ねえことしてハメやがって……。許さねえからな」

「許さない……？」と、隆一が怖いほど静かな声で繰り返した。

「それは、俺の台詞《せりふ》ですよ、間宮さん」

「何……？」

「本当なら、間宮精密加工はとっくに潰れているはずの会社だった」

「なんだと……！」

「あなたは経営者失格だし、そもそも技術者ですらない。人としても下の下だ」

あまりに容赦ない言葉に、徹雄の顔色が変わる。

「ふざけるな！」

吼《ほ》えるように怒鳴り返してから、徹雄は隆一の強張ってはいても冷静さを失っていない表情に、何か思い当たったように視線をうろつかせ口を噤んだ。

「お前、まさか……」

隆一は小さくうなずいた。

「十六年前、あなたが俺の父に何をしたか、俺が知らないとでも思っているんですか」

ごくり、と徹雄の喉が大きく上下したのが分かった。

「それじゃ……、最初から、俺に復讐《ふくしゅう》するつもりで……」

「ええ、そうです」

覚悟を決めたように、隆一はきっぱりと答えた。

「俺はそのために、アメリカから戻ってきたんです」

「ふ…く…しゅう……？　復讐って、十六年前に何があったの……？」

惘然と立ち尽くした漣を、隆一が哀しみを潜ませた穏やかな目で振り向いた。

「俺の親父は、ここにいる間宮さんのせいで自殺した」

感情を交えず、隆一は事実のみを告げるように端的に言った。

ぎょっと息を呑み、漣は言葉もなく徹雄の方を見た。

苦々しげに顔を背けた父の様子に、隆一の話は事実なのだと悟る。

「……どうして、そんな……」

呻《うめ》くようにそれだけ言って、漣はダイニングの椅子に腰が抜けたように座り込んだ。

突然のことに思考がついていかない。吸っても吸っても、肺に空気が入ってこない気がした。

「十六年前、俺の親父はレーザー加工の画期的な新技術を開発した。その技術で特許を取ることができれば、経営難だった会社は苦境を脱し、一気に飛躍することも可能だった。ところが、親友だと信じていた間宮さんに、研究データを盗まれてしまったんだ」

声を荒らげ糾弾《きゅうだん》するのではなく、隆一は淡々と話し続けた。

「親父が間宮さんにデータを盗まれたと気づいたのは、特許出願が拒絶査定されてからだった。驚いて調べてみたら、親父とまったく同じ技術で、間宮さんが特許を取得していたことが分かった。間宮さんが特許を出願する直前、ウチで酔い潰れた間宮さんを一晩泊めたことがあった。研究データをコピーされたとしたら、その夜しかないと親父は考えた。だが、間宮さんは説明を求めた親父に開き直り、自分が盗んだという証拠を揃えられるものなら揃えてみろと嘯《うそぶ》いた」

十六年前、と漣は記憶を探るように思った。

隆一の父が亡くなり、隆一が母親と一緒に引っ越していってしまったのは十六年前だった。

大好きだった隆一と離れてしまうのが哀しくて、漣は別れを告げに来た隆一に縋りついて泣いた。

それからしばらくして、漣もまた長く住んだ小さな家から、羽振《はぶ》りがよくなった徹雄が建てた新しい大きな家へ引き移った――。

「特許が認められず、親父は銀行から借りた開発資金の返済にも行き詰まった。親友に裏切られ、負債も膨らみ、絶望した親父は失意のうちに自殺した」

「いつから……」と、漣はふるえる声で訊いた。

「……隆一さんは、いつからそのことを知ってたの？」

嘆くように、隆一は首を振った。

「俺は何も知らなかった。おそらく、お袋も知らないままだっただろう。親父が自殺した時、借金は保険金で返すようにと短い走り書きがあっただけだった。去年、お袋が亡くなった後、遺品の整理をしに改めて帰国した時、親父が使ってた古い机がまだ置いてあるのに気づいた。引き出しの一つに鍵がかかっていて、中に何が入っているのか確認できなかった。机を処分する前に、業者に依頼して鍵を開けてもらったら親父の日記が出てきた」

「それに、全部書いてあったんだね……」

ため息混じりに、隆一はうなずいた。

「身体中の血が、逆流するかと思うようなショックだった」

「それで、復讐するために帰国した……」

「……そうだ。最初は会社を辞めて帰国するつもりだったが、ちょうど新たに置くことになった、アジア地区の総責任者の社内公募が行われると聞いて応募したんだ」

「それじゃ、アルカンジュで僕の前に現れたのも、そのためだったの？」

「いや、あれは本当に偶然だった。まさかと思って目を疑った……」

乱れた前髪をかき上げうっすら苦笑すると、隆一はふて腐れたように立っている徹雄の方を見た。

「間宮さん、とにかく座って話しましょう」

「俺に指図するな！」

息子の前で旧悪を暴露された気まずさもあってか、徹雄は虚勢を張るように怒鳴った。

「父さん。隆一さんが言ってることは、本当のことなの？　本当に、父さんは、隆一さんのお父さんが開発した技術を盗んで特許を取得したの？」

「だったら、どうだって言うんだ。とっとと出願しちまえばいいものを、まだ改良の余地がありそうだとか言って、ぐずぐずしてたのが悪いんじゃないか。だいたい、まだ出願もしてないのに、画期的な技術の開発に成功したなんて、酔っ払って嬉しそうに自慢するヤツが間抜けなんだ」

完全に開き直った徹雄は、嘲るように唇を歪め言い放った。

「……父さん！　なんてことを……！」

あまりの情けなさに泣き出す寸前の漣の肩に、隆一がそっと手を当てた。

「間宮さん、俺は父の日記を公表することもできるんですよ。仕事柄、経済誌や業界誌の記者には大勢知り合いがいますから。さすがに、芸能スキャンダルのような大騒ぎにはならないでしょうが、間宮精密加工の業界での信用は地に墜ちるでしょうね」

「ふざけるな！」

「俺は本気ですよ。こう見えて、俺も経済界ではそこそこ知名度があるんです。その俺のルーツに関わる事件とあれば、取り上げてくれるところはすぐに見つかるでしょう。そうなれば、もう誰もあなたを助けようとはしなくなる。それとも、今すぐ一一〇番して警察を呼びますか？」

「俺と刺し違えるってのか……。いい根性じゃねえか」

隆一が本気だと悟り、それでも弱みを見せるのは我慢がならないらしく、徹雄は忌々《いまいま》しげに唇を噛み締め隆一を睨みつけている。

そんな徹雄の燻《くすぶ》り続ける怒りの矛先《ほこさき》をいなすように、隆一は戯けるように両手を広げた。

「まあ、俺も好きこのんで、過去を晒したいわけじゃない。だから、取り引きをしませんか？」

「……取り引きだと？」

隆一は静かにうなずいた。

「とにかく、座ってください」

隆一に再度促され、徹雄はしぶしぶリビングのソファへ腰を下ろした。

「漣、悪いけどコーヒーを淹れてきてくれるかな」

「……いいけど」

不安げに徹雄の方を窺った漣に、隆一は「大丈夫だ」と宥めるように笑った。

キッチンで三人分のコーヒーを淹れた漣が戻ってくると、隆一は疲れた顔をしてダイニングの椅子に座っていた。

漣が応急手当で傷を縛った手拭いにも、赤い血の色が滲んでいる。

「隆一さん、すぐに病院へ行かなくて大丈夫？」

「大丈夫だよ。それより、ごめんな。もっと早く、漣にはちゃんと説明しておくべきだったんだ」

小さく首を振って、漣は薄く微笑んだ。

隆一は、漣に打ち明けようとしてくれていた。そのために、無理をして休みも取ってくれた。

それだけで充分だと、漣は思っていた。

リビングのソファで徹雄と対峙した隆一の隣に、漣もそっと腰を下ろした。

気つけ代わりに熱いコーヒーを一口飲んで、隆一はふっと息をついている。

「経営統合の話はこのまま進めてもらいます。それによって、間宮精密加工は消滅する」

「……ふざけるな！」

「ふざけてなんかいませんよ」

「それのどこが取り引きなんだ。人を馬鹿にするのもいいかげんにしろ！」

いきり立ち、徹雄はドンとテーブルを叩いた。

コーヒーカップが、カチャンと耳障《みみざわ》りな音を立てる。

「父さん……」

思わず窘めた漣を徹雄は歯噛みするように睨めつけている。

「間宮さんが、新たな技術開発のために組んだベンチャー企業は、まるで頼りになりませんよ。このままでは、遠からず間宮精密加工は破産手続きに入らざるを得なくなる。そうなる前に、経営統合してしまえば、従業員の雇用は守れるし、取引先にも迷惑をかけずにすみます」

口惜しげに唇を引き結び、徹雄はそっぽを向いて答えない。

徹雄にとって、従業員の雇用確保や取引先との関係などは、二の次、三の次であるらしい。

あまりに情けなくて、漣は身が縮む思いだった。

そんな徹雄の態度を気にする風もなく、隆一は淡々と話を進めた。

「間宮精密加工の負債は、新たに発足した会社がすべて清算します。それから、間宮さんには、レーザー加工の特許使用料が支払われるようにします」

漣は耳を疑った。それまでそっぽを向いていた徹雄も、現金にも途端に隆一の方を向き直っている。

「……何？」

諄々《じゅんじゅん》と諭すように、隆一は静かに言葉を継いだ。

「特許権の存続期間は原則二十年ですから、あと四年あります。実施許諾《きょだく》契約の詳細については、これから相談することになりますが、四年間は生活に困ることのないようにすると約束します。その間に、間宮さんは奥さんとの生活を立て直すことを考えられてはどうですか？」

「隆一さんは、それで本当にいいの？　本当なら、特許は隆一さんのお父さんのものだったんでしょ」

黙っていられず、漣は思わず割って入った。

微笑みながら、隆一はうなずいた。

「最初は、間宮さんから何もかも奪って、無一文になるまで追い込み破滅させるつもりだった。でも、それじゃ後味が悪すぎるし、漣に免じてここらで手を打つことにしようと思い直したんだ」

「僕に免じて……？」

「子供の頃から、さんざん厄介者扱いされてきたというのに、漣は間宮さんには養ってもらった恩があると言った。それに、俺が間宮さんを追い詰めたら、漣が大切に思っているお母さんも苦しめることになると気がついたんだ。俺も、間宮のおばさんには、いろいろ世話になったしな……」

「……隆一さん……、ありがとう。ほんとにありがとう」

涙ぐみ深々と頭を下げると、漣は徹雄を見た。

「父さん。僕の力じゃ、今度はもう父さんを助けられない。だから、隆一さんの言うとおりにして。お願い……」

徹雄は喉の奥で不満げに唸《うな》っていたが、諦めたように肩を落としたため息をついた。

「分かったよ。それで手を打ちゃいいんだろ」

「もう一つ、約束して欲しいことがあります」

「なんだよ！　まだなんかあるのか？」

「今後、漣には一切迷惑をかけないと約束してください。漣を、自由にしてやって欲しいんです」

「けっ……」と、徹雄は吐き捨てた。

「好きにしろ。どうせ、俺と漣は赤の他人だ」

「父さん……」

「話がそれだけなら、俺は帰る」

ゆらりと立ち上がりリビングを出て行こうとしてふと足を止めると、徹雄は漣を振り向いた。

「母さんが会いたがってる。たまには顔を出してやれ」

「うん……」

言葉少なく答えた漣にはもう一瞥《いちべつ》もくれず、徹雄はリビングから出て行った。

バタンと玄関のドアが閉まる音が響き、後には静寂が残った。

あまりにも思いがけない真実と、急すぎる展開。

知らなかったではすまされないと思う気持ちの中に、やっと肩の荷を下ろせた安堵感が入り交じる。

様々な想いが込み上げ、両手で顔を覆った漣を、隆一がそっと優しく抱き寄せてくれた。

温かなその胸に縋って、漣は静かに涙を流した。

徹雄に切られた隆一の傷は、思ったよりも深かった。

隆一は心配ないと言い張ったが、漣が病院で診《み》てもらった方がいいと強く主張すると、しぶしぶながら折れてくれた。

もしも第三者行為で警察沙汰《ざた》になってはまずいと考えたのか、隆一は知り合いの外科医に診察を頼み自費診療で縫合《ほうごう》してもらった。

どうしても心配で、無理矢理ついていった漣は、夕方、手当てを終えた隆一と一緒に帰宅してきた。

昼間の騒動とも相俟って、さすがに疲れたのだろう。隆一はニットジャケットを脱ぐなり、リビングのソファへ沈み込むように座り込んでいる。

「コーヒーでも飲む？」

ブルゾンを脱ぎながら訊いた漣の方を、隆一が背を反らすようにして振り仰いだ。

「漣、ちょっと話をしないか？」

隆一の改まった表情に緊張して、漣は無意識に目を伏せた。

「……話って……」

何と訊こうとした声が喉に詰まってしまった。

そんな漣の腕をそっと摑むと、隆一が隣に座るように促してくれた。

「今日は、驚かせて悪かった」

俯きがちに、漣は小さく首を振った。

「父さんのこと、本当にごめんなさい。僕は、全然知らなくて……」

「漣が謝ることはない。それに、俺の中ではもう整理がついたことだから」

「本当に……？」

窺うように顔を上げた漣に、隆一は薄い笑みを浮かべた。

「だから、間宮さんをとことん追い詰めるのを思いとどまった。……というより、思いとどまることができたんだ。そうできるようにしてくれた漣には、とても感謝してる」

「えっ……」

「間宮さんに復讐したって、親父が帰ってくるわけじゃないしな」

吹っ切れたように言って小さく息をつくと、隆一は静かに漣を見つめた。

「漣……。漣も俺に何か、打ち明けることがあるんじゃないのか？」

「……僕が、何を打ち明けるの……？」

「間宮さんに言っただろう。僕の力では、今度はもう助けられないって……」

ハッとして視線をうろつかせた漣の手を、隆一が労るように優しく握った。

「漣、何があったのか、本当のことを話してくれないか」

「……本当のことって……。僕は別に……」

「どうしても言いたくないなら、無理に話さなくてもいい。でもそれじゃ、漣はいつまでも苦しいままじゃないのか」

「隆一さん……」

隆一が漣の背中を押すように、微笑みながら小さくうなずいた。

「……僕……、ぼ…く……は……」

意を決し話し出した途端、脳裏を過ぎる様々な記憶の影が涙となってこぼれ落ちていた。

「そ…れで……、大学もやめなくちゃ…なら……な…く……なって……」

突き上げる嗚咽に唇をふるわせ、漣は新たな涙をはらはらとこぼした。

隆一に生活環境が変わったことを隠し通せる自信がなくて、心ならずも嘘をついたことを詫びると、隆一は漣が口にしなかったことも感じ取ってくれたようだった。

万が一にも、巻き込んで迷惑をかけたくなかったから――。

「……漣……」

苦しげに呟いて、隆一が肩を抱いてくれた。

途切れ途切れで、行きつ戻りつする漣の話を、隆一は黙って辛抱強く聞いてくれた。

子供のようにしゃくり上げながら話し続けるうちに、漣は長い間の胸の閊《つか》えが少しずつ下りていくのを感じた。心の奥底で蟠《わだかま》り凝っていた感情が、ようやく和らぎ解けていく。

「よく頑張ったな」

隆一に小さな子供をあやすように慰撫《いぶ》された瞬間、漣の心の堤防がついに決壊していた。わっと声をあげて泣き縋った漣を胸に抱き込み、隆一が優しく背中をさすってくれる。

「ごめんな……。漣が一番辛くて大変だった時に、側にいてやれなくて……。悪かった。許してくれ」

隆一の腕の中で、漣は泣きながら小さく首を振った。

欠けてしまった心の隙間を埋めてくれるこの温もりに、でも溺れることはできないのだと思う。

深呼吸するように深く息を吸って、漣は泣き濡れた顔をそっと上げた。

気遣わしげに見ている隆一と目が合うと、恥じらったように薄く笑う。

「……さんざん泣いたら、お腹が空いちゃった……」

湿っぽい雰囲気を変えたくて、漣はちょっと戯けるように言った。

「ちょっと早いけど、晩メシにするか」

「そうだね。それじゃ、支度しなくちゃ……」

頬に残る涙を手で払いながらキッチンへ行こうとした漣を、隆一が呼び止めた。

「漣……。鍋にビーフシチューが作ってある」

「えっ？」

びっくりして、漣は隆一の方を振り向いた。

いつの間に、そんなものを作ったのだろう。

「晩メシに漣と一緒に食べようと思って、朝のうちに圧力鍋に仕込んでおいたんだ」

「すごーい！　隆一さん、実は料理が得意だったんだ」

「得意というほどレパートリーはないが、ひとり暮らしが長いから必要に迫られてな」

「でも、ここのキッチン、全部新品で使った様子は全然なかったけど」

「こっちへ戻ってからは、自炊する暇なんかないと思ったから、何も買わなかったんだ。漣が来ることになって、慌ててコーディネーターに頼んでまとめて揃えたんだよ」

それではまさか、この最新のキッチンは漣のためだったとでも言うのか――。

意外な話に、漣はパチパチと瞬きをした。

そんな風に気を持たせるようなことを言わないで欲しい。性懲りもなく、もしかしたらと期待してしまうではないか――。

漣の内心を知ってか知らずか、どことなくばつが悪そうな笑みを浮かべて立ち上がった隆一と一緒に、漣はキッチンへ入った。

漣がコンロの上の圧力鍋の蓋を開けた途端、美味しそうな匂いが空きっ腹を直撃した。

「いい匂い……。すごい美味しそう！」

「パンは、朝のライ麦パンがまだあるから、サラダでも作るか」

手を洗い、腕まくりをしている隆一に、漣は慌てて「僕がやるよ」と言った。

「そうか？」

「うん。任せてよ」

そうは言ったものの、野菜は何があるのだろう。

どうやら、隆一が少しは買い物をしてきてくれたらしいが、何しろ昨日までの冷蔵庫は見事なまでに空っぽだったのである。

ところが、冷蔵庫の野菜室を開けてみると、いつの間にか様々な野菜がぎっしり詰まっていた。

「どうしたの、これ……。隆一さんが買ってきたの？」

「食材の宅配サービスで、適当にチョイスして取り寄せたんだ。昨日、会社の方に届けてもらったから、持って帰ってきて冷蔵庫に入れておいた」

「そうだったんだ……」

「ある物は、なんでも好きなだけ使っていい」

「ありがとう」

野菜室から瑞々しいブロッコリーを取り出すと、漣は冷蔵室も開けてみた。卵やチーズ、ハム、ベーコンなど、食材が選《よ》り取り見取りで入っている。

なんだか楽しくなってしまって、いそいそと卵に手を伸ばした。

「漣は料理が好きなのか？」

「母さんが身体が弱かったから、夕飯の支度とか僕が代わりにやったりしてたんだ。やってみると、結構楽しくてストレス発散にもなるんだよね」

小鍋で卵を茹《ゆ》で始めてから、ブロッコリーを洗って小房《こぶさ》に分け電子レンジに入れる。

馴れた手つきでフレンチドレッシングを作り始めた漣の横で、隆一が冷蔵庫から出してきたモッツァレラチーズを切り始めた。

「隆一さんも、何か作ってくれるの？」

「俺のは切って器《うつわ》に盛るだけの、手抜きサラダだけどな」

言いながら、隆一は食器棚から出した皿にサイコロ状に切ったチーズとミニトマトを適当に盛った。

それへバジルの葉を散らし、オリーブオイルと塩、胡椒《こしょう》を振りかけるともう完成らしい。

「それ、なんていうサラダなの？」

「カプレーゼ。カプリ島風のという意味らしい。留学してた時に、アルバイトしてたイタリアの家庭料理を出す店で覚えたんだ」

「簡単なのに、おしゃれで美味しそう！　隆一さん、レパートリー少ないなんて言ってたけど、全然そんなことないじゃない」

「褒めすぎだ。おだてても何も出ないぞ」

照れくさそうに笑って、隆一はレンジからブロッコリーを出してきてくれた。

「これは、そのドレッシングで和《あ》えるのか？」

「うん。頼んでも大丈夫？」

「平気だよ」

ブロッコリーを和えている隆一の横で、漣は茹で卵の殻を剝き始めた。

卵が新しいせいなのか、なかなかきれいに殻《から》が剝けない。慎重に殻を白身から剝がしながら、漣はそっと傍らの隆一の様子を窺った。

まさか、徹雄が隆一の父に、償《つぐな》いきれないほどひどい裏切り行為をしていたとは思わなかった。

父親の死の真相を知った時の、隆一のやりきれない怒りや無念さを思うと、今でも鳩尾の辺りが締めつけられるように苦しくなる。

それなのに、徹雄に復讐するために帰国してきたとまで言ったのに、隆一は父をとことん追い詰めることはしないでくれた。

それればかりか、徹雄に生活を立て直すための猶予まで与えてくれた。

漣に免じて……、と隆一は言ってくれた。漣だって、隆一に嘘をついて裏切り苦しめたのに——。

さっきも、漣が一番辛くて大変だった時に、側にいられなかったことを詫びてくれたりもした。

隆一が示してくれた好意に、これから自分はどう応えればいいのだろう。

もちろん、隆一が客の接待をしろと言うなら、漣にできる精いっぱいのことをするつもりではいる。

でもその前に、自分はいつまでこの部屋にいていいのだろう。

隆一に恋人がいることを、漣は知っている。東京タワー近くのホテルで見た、ふたりの仲睦まじい様子は、今も漣の目にしっかり焼きついていた。

隆一の恋人は、漣がここにいることを知っているのだろうか。

もしも知っているとしたら、彼は漣のことをどう考えているのだろう。

今現在、隆一と漣の間には何もないけれど、隆一の恋人はそれを額面どおりに受け取ってくれているのだろうか。

それよりも何よりも、なぜ隆一は恋人がいながら、ベルフールの漣の元へ通い続けたのか。

漣の知る隆一は、そんな不実なことをする男ではなかったはずなのに――。

考えれば考えるほど思いは乱れ、収拾がつかなくなっていく。

「……漣」と、不意に隆一が低く呼んだ。

「何……？」

「もし……、もしも漣が、ここを出て自由になりたいなら、そうしてもいいんだぞ」

「えっ？」

手の中の茹で卵を見つめたまま、漣は動きを止めた。

「何かやってみたい仕事があるなら、できるだけの手助けはする」

徹雄への復讐問題に一応のケリがつけば、漣もまた隆一には不要な存在ということなのか。

たった今、このまま隆一と一緒にいていいのかと思い迷っていたというのに、いざ隆一の口から出て行ってもいいと言われると哀しみが目の奥で熱く膨れ上がっていた。

「……漣は、水商売からは、もう足を洗うんだろう？」

俯いたまま、漣は涙を堪えて首を傾げた。

「できればそうしたいけど、僕、水商売しかしたことないし……。それより、隆一さんの接待は……、しなくていい…の……？」

きゅうっと心臓が絞られるように痛くなったけれど、なんとか最後まで言い切ることができた。

「僕なら、いつでもオーケーだよ」

精いっぱいの虚勢を張り、にっこり笑って隆一の方を見る。

「そんなことは、しなくていい！」

隆一は漣がびっくりするほど強い声で否定すると、ブロッコリーが入ったボウルをドンと置いた。

「……ごめんなさい」

本当は、どうしてと訊きたかったのに、思わずそう謝ってしまった。

「いや、悪いのは俺だ。漣は何も悪くない。大声を出してすまなかった……」

意外にも、そう苦しげに詫びると、隆一はキッチンから出て行ってしまった。

「……隆一さん……？」

取り残され、漣は訝しげにぼんやりと呟いた。

隆一は、何をあんなに怒ったのだろう。

「僕、何かいけないことを言ったかな。ごめんなさいって言ったのが、悪かったのかな……」

殻を剝き終わった茹で卵を白身と黄身に分け、それぞれみじん切りにしながら漣は呟いた。

以前、隆一に、なんでも謝ればいいと思っていると叱られたことがあった。

隆一が和えてくれたブロッコリーを器に盛り、みじん切りの茹で卵を振りかけると、子供の頃、母がよく作ってくれたミモザサラダの完成である。

キッチンから、漣はそっとダイニングの方を窺った。

隆一は窓辺に立ち、外を眺めていた。

いつの間にか、外はすっかり暗くなって、東京タワーがオレンジ色に輝いている。

隆一には、あのオレンジ色に輝く東京タワーを、一緒に見るべき恋人がいるのだ。

そう思った時、ここを出てひとりで生きていこう、と漣は覚悟を決めていた。

でも、あと二日だけ――。

隆一の恋人には申しわけないが、あと二日だけ猶予をもらうことにしよう。

日曜日まで休みを取った、と隆一は言っていた。

二日の間に、最後の思い出を作ることくらいは許してもらおう。

隆一がブランチを作ってくれたことや、ついさっき一緒にキッチンに立ったことも――。

宝物のようなその思い出を胸に、ひとり立ちしよう。そう決心すると、不思議なことに、波立っていた心は潮が引くようにすっと鎮まっていた。

深夜、照明を消して常夜灯だけにしたリビングのソファに座り、漣はひとりでオレンジ色の光に包まれた東京タワーを眺めていた。

隆一が作ったビーフシチューやサラダを食べながら、久しぶりに隆一とゆっくり話をした。

せっかくだからワインを開けようと隆一は言ったが、抜糸《ばっし》がすむまで飲酒はダメだと漣が止めたので、ちょっと不満そうだったが——。

まるで子供のように膨れっ面をしていた隆一を思い出して、漣はひとりクスッと笑った。

子供のようにと言えば、今日は懐かしい話をたくさんした。

隆一と漣が兄弟のように過ごした、漣がまだ幼かった頃の話は、一つエピソードを思い出すと毛糸玉が転がるように、次から次へと繋がって切りがなかった。

まるで、現実から目を逸らすように、先のことを考えずにいるかのように、ふたりは過ぎてしまった日々の話に没頭《ぼっとう》した。

泊まりがけで隆一の家へ遊びに行った漣が、隆一のベッドでおねしょをしてしまったことなど、漣が思わず赤面するような思い出話も、隆一は目を細めて話していた。

隆一の母が可愛がっていたセキセイインコを、ふたりで鳥籠から出して遊んでいるうちに、開いていた窓から逃がしてしまってこっぴどく叱られたこともあった。

隆一の母のセキセイインコは、『芦崎ぴーちゃんです！』と上手にしゃべれたおかげで、偶然保護してくれたご近所の家から無事に戻ってきた。

あの時のインコのように、飛んで昔に戻れたらどんなにいいだろう。

確かに辛いことも多かったけれど、でも母や隆一に庇われ護られて充分に幸せだったあの頃に戻って、もう一度やり直すことができたらと心から思う。

そうしたら、今度は絶対に隆一の父の研究データを父さんに盗ませたりしないのに——。

不意にリビングの照明がつけられ、物思いから引き戻された漣は眩しさに目を瞬かせた。

「まだ起きてたのか？」

夕食後、どうしても急ぎ目を通してもらいたい書類ができたと会社から連絡が来て、仕方なく書斎へ引き上げていった隆一がリビングの入り口に立っていた。

「電気もつけないで何をしているんだ」

「……隆一さんこそ、仕事は終わったの？」

「やっと終わってニューヨークへメールで返事をしたから、寝る前にシャワーを浴びようと思って」

「シャワーは、やめた方がいいんじゃないの？」

「どうして」

「だって、今日、傷を縫《ぬ》ってもらったばっかりなのに」

「大丈夫だ。ちゃんと、防水シートを貼ってもらってきたから」

「そうなの……？　先生は、いいって言ったの？」

もちろん、と言うように隆一はうなずいた。

「もしも濡れてしまった時のために、消毒用のキットと予備の防水シートももらってきてある」

「……それなら、いいけど……」

まだ心配で不安げに言った漣に苦笑して、隆一はバスルームへ入っていった。

隆一がいなくなると、漣は立っていってまたリビングの照明を消した。

もうすぐ、東京タワーのライトアップが消灯する。

この部屋を出る前に、もう一度見ておきたかった。本当は隆一と一緒に見たかったけれど、自立するためにはひとりで見た方がいいのかもしれない。

ところが――。

入ったと思ったら、十分も経たないうちに隆一はバスルームから戻ってきた。烏《からす》も真っ青の早業《はやわざ》である。本当にシャワーを浴びてきたのだろうか、と、漣は呆れてしまった。

「なんだ、また電気を消したのか」

パジャマ姿の隆一が、バスタオルで濡れ髪を拭いながら不審そうな声を出している。

「さっきから、ここで何をしているんだ？」

「もうすぐ、東京タワーのライトアップが消える時間なんだよ」

「あれ、消えるのか？」

さも意外そうに、隆一が言った。

その声に、窓の外へ向けていた顔をゆっくり戻し、隆一を見た。

知ってるくせに白々しい、と胸の裡で思う。

「隆一さんだって、見たことあるでしょ？」

バスタオルを手にしたまま、隆一は考えるように首を傾げている。

「まあ、東京タワーは、ここから見えてるんだからな。見てるのかもしれないが、意識してなかったから覚えがないな」

「……嘘ばっかり」

「なんで嘘なんだよ」

「ここからは見てなくても、別のところでなら、ちゃんと見た覚えがあるはずだよ」

「別のところ？　別のところって、どこだ」

漣はため息をついた。

「そんなに、とぼけなくていいよ。僕、知ってるんだから……」

「とぼけるって、どういう意味だ」

「……どういう意味って、そのまんまだけど？」

ガラスの向こうの東京タワーに、漣はじっと目を据えた。

暗いガラスには、ソファで膝を抱えた漣とパジャマ姿の隆一が映っている。

本当は、隆一の隣に映っているのは、漣ではないはずだった。

「隆一さん、恋人、いるんでしょう……？」

ほろり、と言葉がこぼれ出てしまった。

言いながら、漣はガラスに映った隆一の表情をじっと見ていた。

隆一は、不機嫌そうに眉を寄せている。

「恋人？　誰のことを言ってるんだ」

「だって……」

脳裏に、ホテルのエレベーターホールで、楽しげに笑み交わしていた隆一と恋人の様子が蘇る。

「僕、見たんだ……」

「何を？　何を見たって言うんだ」

かすかに苛立ちを滲ませた隆一の問いかけに、漣はガラスの向こうを指さした。

「東京タワーの近くのホテルで、隆一さん、デートしてたでしょ」

できるだけ明るく、なんの拘りも持っていない風を装って、漣は冷やかすように言って隆一を見た。

「……東京タワーの近くのホテル……？」

「すっごい、ステキな人だったよね。ふたりとも楽しそうに笑ってて、ラブラブだったじゃない」

ラブラブと口にした途端、胸の奥がツキンと痛んだ。

その痛みを摑み取ろうとするように、漣はパジャマの胸元を握り締めた。

あの夜、屈託《くったく》のない笑みを浮かべていた隆一の前に、振り袖を着せられた生き人形としてしか存在できなかった哀しみが、今さらのように漣を苦しめていた。

不意に、隆一が何かに思い当たったように「ああ……！」と声をあげた。

「もしかして、パークタワーのことを言ってるのか？」

「そうだよ。隆一さん達、二十二階でエレベーターを降りていったよね」

「……エレベーターを降りるって、お前、まるであそこにいたみたいだな」

「いたんだよ。……僕はあの夜、確かにあそこにいたんだ……」

呟くように言いながら窓の方へ顔を戻すと、ついさっきまでオレンジ色に輝いていた東京タワーは、いつの間にかもう闇に沈んでしまっていた。

「あ……、話してるうちに消えちゃった……」

消灯の瞬間を見逃してしまい、漣はガッカリして立ち上がった。

「待て、漣……」

部屋へ引き上げようとした漣の腕を、隆一が慌てたように摑んだ。

「あの時、一緒にいたのは恋人じゃない」

「……そうなんだ」と、漣は平板な声で答えた。

「そうなんだって……、お前、信じてないな。あいつは、俺の部下だ。あの日は、あのホテルに泊まってた、仕事の交渉相手に会いに行ったんだよ。嘘じゃない。どうしても信じられないなら、来週、会社に連れていって会わせてもいい」

真剣な表情で、必死に言い募る隆一の方を、漣はそっと振り向いた。

「……そうなの？」

「そうだよ」と、隆一は、まだ湿っている髪を乱暴にかき上げた。

「確かに、行ったのは二十二階のスイートルームだったけど、東京タワーなんか見えてたかな。仕事のことで頭がいっぱいだったし、ぜんぜん覚えてないぞ」

　眉を寄せ、ぶつぶつ呟いてから、隆一はハッとしたように漣の方を向き直った。

「さっき、一緒のエレベーターに乗ってたって言ったな」

「えっ……」

　隆一には恋人がいると思っていたのが、勘違いだったと分かって混乱していた漣は、今度は逆に問い質《ただ》されて慌てた。

「ほんとに、あそこにいたのか？」

　なんだか墓穴《ぼけつ》を掘った気分で、漣は小さくうなずいた。

「どうして、気がつかなかったんだろう」

「隆一さんは、僕を見たよ。確かに見たけど、分からなかったんだよ」

　こうなったら仕方がないと、漣は開き直った。

「……見たけど、分からなかった……？」

　記憶を探るように、隆一は考え込んでいる。

「振り袖を着た女の子がいたの、覚えてない？」

「……振り袖？」

　隆一の目が、驚きに大きく見開かれた。

「まさか……」

　困ったように、漣はうなずいた。

「似てると思ったんだ。漣によく似た可愛い女の子がいるって……。あんまりじろじろ見ちゃ悪いと思って目を逸らしたけど、双子みたいにそっくりだと思ってた」

そっくりも何も本人だったわけで、漣は思わずクスッと笑ってしまった。

「ベルフールは、一風変わったお客さんが多かったんだ。あの日、僕を指名したお客さんは、気に入った男娼に完璧な女装をさせて人形遊びをするのが趣味だったんだ」

「人形遊び？」

「そう。エッチにはぜんぜん興味がない。あのお客さんにとって、僕は生きた着せかえ人形だった。あの日は振り袖だったけど、ウエディングドレスを着せられたこともあった」

「エッチに興味がないってことは、……その、セックスはしないのか」

「うん。同じベッドで寝ても、指一本触られなかった」

漣が隆一に身請けされてから、鷺沼はどうしただろう。

また瑞季を相手にしているのか、それともほかの気に入りを見つけただろうか。

鷺沼が漣を抱くことはなかったけれど、隆一も漣を身請けしておきながら一度も抱こうとしない。

「……誰も、僕を抱こうとしない……」

誰に言うともなく呟くと、隆一の片眉がひくりと上がった。

「今の僕は、人形でさえないんだ」

なんだか急に惨めな気持ちに襲われていた。

「漣……」

「できるだけ早く、ここを出て行くことにする」

そうしないと、人間に戻って深呼吸できない気がしていた。

「身請けしてもらったお金は、働いてちゃんと返すから」

「まさか、ベルフールへ戻るつもりなのか」

「えっ？」

硬い声で咎めるように言われ、漣はキョトンとしてしまった。どうして、そうなるのか――。

ああ、そうか……、と漣はひとり納得した。

隆一は、そうでもしなければ、漣には身請け金を返すことができないと思ったのだろう。

途端、隆一が怒ったように声をあげた。

「行かせないからな！」

勢いよく立ち上がると、隆一は「漣は、どこへも行かせない！」と重ねて言った。

「だって、隆一さんが……」

出て行きたければ、出て行っていいと言ったのではなかったか――。

最後まで言わせず、隆一は漣を深く抱き込んだ。

「漣、どこへも行かないでくれ。俺は漣にひどい仕打ちをしたから、漣が許せないと思うのは仕方がないと思う。だから、漣がここを出て行きたいなら、黙って受け入れようと思ってた。でも俺は……、やっぱり、俺は漣を失いたくない」

隆一の胸の中で、漣は声もなく目を見開いた。

「すまなかった。親父の件のケリがつくまではと思って、無駄な意地を張ったせいで、よけいに漣を傷つけてしまった。許してくれ、漣……」

漣の胸に残っていた、最後の棘《とげ》が溶け崩れ消えていく。

「僕はどこへも行かないよ」

そっと手を伸ばし、隆一の頰に触れながら、漣はふるえる声で言った。

「ずっと、隆一さんと一緒にいたい」

「本当に……、本心からそう思ってくれるのか」

恐れているような声に、漣はやわらかく微笑んだ。

「当たり前じゃない。僕には、隆一さんしかいないのに……」

「漣と別れた後、俺は絶対に漣を見返せるほどの男になって、後悔させてやると固く誓った。そのためなら、どんなことでもする覚悟で歯を食い縛って這い上がってきた。でも……」

漣を抱きしめたまま、隆一が胸の底をさらうような深い息をついた。

「実績を積み、会社での評価も上がって、いろいろなものを手にすればするほど、どうにもならないほど強烈な餓えに苦しめられた。漣がいない……。金や地位を手に入れることができても、漣がいなければ、俺は満たされることはないんだと思い知らされて打ちのめされた」

自分のせいで、隆一をこんなにも苦しめてしまった。

申しわけないと思うのに、漣は嬉しさに胸がふるえるのを止められなかった。

愛されていた。自分はこんなにも、隆一に求められていたのだ。

ならば、これから先は、隆一とともに失ってしまった時間を取り戻す努力を最大限しなければならない。もう離れない。何があっても離れたくない。

陶然と隆一の胸に縋りながら、漣はそう決意していた。


リビングとは反対側にある隆一の部屋の窓からは、東京タワーは見えなかった。もっとも、ライトアップが消えてしまってからでは、見えても見えなくても同じようなものだが——。

「東京タワーのライトアップが消える瞬間を見ると、何かいいことでもあるのか？」

背後から抱き込んだ漣のパジャマのボタンをはずしながら、隆一が耳元で囁いた。

「恋人同士で見ると、幸せになれるんだって……」

さらりと乾いた肌を指先で撫でられて、漣は微かに息を乱した。

「ふうん……。そんな都市伝説があったのか……」

うなじに、唇を押しつけられる。

「……んっ……」

心臓がドキドキとうるさく跳ね出し、体温が急上昇していく。くたりと隆一の胸にもたれかかると、パジャマのズボンのゴムを潜って、隆一の手が下着の中まで忍び込んできた。

「でも、漣はひとりで見てたじゃないか。ひとりで見ても、幸せになれるのか？」

「……ぁっ……、知らな……。僕は最後の思い……出に、見ておこうと……した…だけ……」

「それなら、今度は絶対にふたりで一緒に見よう。何度でも見よう」

閉じた睫毛をふるわせながら、漣は夢見心地で微笑んだ。

隆一は、指先で漣の乳首を捏《こ》ねるように摘《つ》まみながら、もう片方の手で漣の性器をやわやわと撫でさすっている。

「もう濡れてきた」

「ぁん……っ、だっ…て……」

もどかしく腰を捩りながら、首を振る。

「漣はいやらしいな。いやらしくて色っぽくて、すごく可愛い……」

「……ひどい……」

「褒めてるのに、どうしてひどいんだ」

懸命に首を捻って振り向くと、漣は隆一を睨んだ。

でも、潤んだ目で睨んでも少しも迫力はなかったようで、隆一はただ愛しげに目を細めている。

まだきちんとボタンを嵌めたままの、隆一のパジャマの上着の裾から漣は手を差し入れた。

掌で割れた腹筋をなぞり、鳩尾から背中へ腕を回す。

一ヶ月ぶりに触れる隆一の肌の温もりが、泣きたくなるほど愛しくて堪らない。

思わず抱きつこうとして身体を捻ると、その動きを利用して、するりとパジャマのズボンを下着ごと脱がされてしまった。

はしたなくそそり立った屹立《きつりつ》が露わにされ、漣は羞恥に身体を熱くした。

ベルフールでもこの間の夜も、隆一にはもっと淫らな姿を何度も見られているのに、なぜか今夜は特に恥ずかしくて居たたまれない。

「……やだ……」

「嫌じゃないだろ」

双丘の白い丸みを掌で包むように撫でながら、隆一は狭間の奥を指先で悪戯するのも怠《おこた》らない。

「ほら……。ここに、欲しくて堪らないって顔をしてるぞ」

「してない……」

拗ねたように言い返したが、触れるか触れないか、ギリギリ掠めていく感触がもどかしくて、ついつい腰が揺らめいてしまう。

くすっと、隆一が笑ったのが分かった。

「なら、もう触らないでおくか……」

「意地悪……。隆一さんは、意地悪だ……」

涙目で抗議した漣の唇に、隆一が啄《ついば》むように口づけた。

「漣が可愛すぎて、つい苛めたくなった。これから、もっともっと苛めて泣かせてやる」

甘く囁いて、漣の下唇を軽く嚙む。

足りない。そんなんじゃ、ぜんぜん足りない――。

隆一の首に両腕を回し伸び上がると、漣は半ば押し倒すように体重を預けながら唇を重ねた。

ベルフールにいた頃、隆一はけして漣に口づけようとしなかった。

久々の隆一の唇の感触を確かめるように、深く貪る。漣が、そのやわらかさや潤いを存分に味わっていると、まるで攻守ところを変えるように、隆一の舌が絡みついてきた。

両手で漣の顔を包み込み、唇を隙間なく重ねる。

即座に入り込んできた厚みのある舌に、口腔《こうこう》を優しくなぶられる。舌先で歯列《しれつ》の裏を舐められ、絡め取られた舌をしゃぶるように愛撫《あいぶ》されると、心までが蕩けるようだった。

角度を変え、浅く深く融《と》け合うように互いの舌と舌を絡め合う。

「漣、もっと舌を出して……」

言われるままに舌を差し出すと、引き抜かんばかりに強く吸われた。

呼吸を奪われ反り返った漣の背中が、ベッドにやわらかく沈み込む。

目を開けると、照明を抑えた薄闇に隆一の男らしく端整な顔が浮かんでいた。

うっとりと微笑んで手を伸ばし、その削げた頬から顎のラインに触れてみる。

唇の端を掠めた漣の小指を、隆一が舌先でちろりと舐めた。それから、軽く歯を立てる。

途端、小指の先から全身へ快感の火花が散って、漣は吐息混じりの微かな声を洩らした。

「……漣」

甘い声で呼ばれ、蕩けるような笑みを浮かべる。

「もう一度、呼んで……」

「漣……。愛してるよ」

「隆一さん……」

額に恭しく唇を押しつけてから、隆一はそっと漣からパジャマの上着を脱がせた。

剝き出しになった白い胸に、所有の印《しるし》を押すように口づけが落とされていく。

指先でさんざん捏ねられ、固く凝った乳首を舌先で舐め転がされると、漣は堪えきれず甘く呻いた。

「可愛いよ、漣……」

耳朶を食《は》むようにして、睦言が注ぎ込まれる。そのままカリッと歯を立てられると、うなじから腰へゾクゾクと快感が走り抜けていった。

「あ、あぁ……ん……」

どこが感じやすくて、どんな愛撫に弱いのか。一つ一つ確認するように、漣の性感帯を探るように、隆一の唇は胸から鳩尾、脇腹へと、逍遥《しょうよう》するように移動していく。

時々立ち止まる隆一の唇に強く吸われる度に、漣の身体に小さな火種が埋め込まれていく。

それらにチロチロと炙《あぶ》られ、漣は悩ましげに胸を喘がせた。

やがて、隆一の唇はとろとろと先走りの蜜《みつ》を溢れさせている、漣の屹立へたどり着いた。

「もうこんなになってる」

「……み…見ないで……」

「どうして？　見なくちゃ、漣を可愛がれないじゃないか」

臆面もなく、そんな恥ずかしいことを口にしながら、隆一は指先でそろりと裏筋を撫で上げた。

たったそれだけで、腰骨が痺れ、背筋が反り返る。

「あっ……、ふ…ぅ……ん……」

隆一は反り返った漣の膝裏に手を当て、両脚を大きく開かせた。

恥ずかしくて堪らないのに、胸の奥は期待に高鳴っている。

「隆一さん……」

うっとりと甘えるように呼んだ漣は、次の瞬間、ハッと目を見開いた。

隆一の舌が、滴るほどに実った漣を、根元からねっとりと舐め上げたのである。

「りゅ、隆一さん……」

今度は狼狽の滲んだ声にも、隆一は少しも動じなかった。

尖らせた舌先で、蜜を溢れさせている鈴口をこじられる。そうかと思うと、窄めた唇でくびれを締めつけられた。一方で、大きく開いた漣の両脚のつけ根を、隆一は両手を使って巧みに愛撫する。

指先で会陰を刺激されると、背筋がゾクゾクとわなないてしまう。

「あっ……、やっ……ぁんっ……」

羞恥の極みに突き落とされ、恍惚《こうこつ》の海で溺れていく。

漣をしゃぶっている隆一の頭が、唇で扱きたてるように卑猥に上下している。

腰が砕けてしまいそうなほど気持ちがよくて、息が詰まりそうなほど狂おしく切ない。

あまりの快感に、頭の芯が白く発光していた。

鼻にかかった甘ったるい声をあげ、漣は身悶えた。

両手でシーツをかきむしり、首を左右に打ち振る。

「も……だめ……、りゅ……い……ち、さ……ん……」

限界が近いと必死に訴えたが、隆一は漣を解放してはくれなかった。

腰の奥深くから、熱い衝動が突き上げてくる。

もう、止められない……達…く――。

押し寄せた愉悦の大波に呆気なくさらわれ、漣は隆一の口の中へ白濁を放ってしまった。

漣が放ったものを飲み下すと、隆一はまだびくびくと余韻にふるえる漣を、さらに唇で扱いた。

残滓《ざんし》まですべて吸い出すように強く吸われ、漣は堪らず悲鳴をあげた。

「……ひっ、……ひ……ぃ……」

ガクガクとかぶりを振って泣き喚く漣を押さえつけ、隆一はインターバルも置かずに再び追い上げようとする。

今度は双丘の狭間に舌を這わせながら、掌で漣を扱き立てた。

「やっ……やあ……んっ……」

恥ずかしくて、きつくて苦しいのに、とてつもなく甘美で、漣は悩ましげに身をくねらせた。

また達ってしまう――。

そう思った次の瞬間、隆一によって根元を強く締めつけられ堰《せ》き止められていた。

「……なん……で……っ……」

ひどい、と涙目で抗議しても、隆一は漣を解放してくれなかった。

達きたいのに達けなくて、そのもどかしさがさらなる快感を増幅させ、漣を甘く責め立てる。

「……りゅう……い…ち……さん……」

譫言《うわごと》のように呼んで、漣は空《くう》を摑むように手を伸ばした。

「も…だめ……、もう…や…だ……、達かせ……て……」

懇願の色を滲ませ、濡れた啜り泣きが響く。

泣くつもりなど毛頭《もうとう》なかったし、少しも哀しくなんかないのに、なぜだか目尻からこめかみへ涙がとめどなく流れ落ちていく。

「こんなに色っぽくて可愛い漣を、何人の男が見たのかと思うと強烈に妬《や》けるな」

パジャマを脱ぎ捨てながら、隆一が冗談めかして言った。

それから、怖いほど真剣な目をして、漣の双眸をしっかりと見つめた。

「でも、もう誰にも渡さない。今度こそ、漣は俺だけのものだ」

「……隆一さん……」

全裸になった隆一の身体の中心では、猛々《たけだけ》しい凶器が天を突く勢いで反り返っていた。

その赤く充血した先端からは、すでに先走りがとろとろと溢れ出している。それは、紛《まご》うことなく、隆一の情欲の証だった。

思わず、漣は深く胸を喘がせた。

隆一が自分に対して、あんなにも欲情してくれている。

甘い恍惚が、漣の全身を包み込んでいた。

「きて……」と漣はねだるように囁いた。

「お願い、僕の中へきて……」

「お前を抱いていいのは、俺だけだ。それをこれから、お前の中に刻みつけてやる」

隆一が、漣の頰にそっと触れた。

「いいよ……」

「……嬉しい……」

微笑み、目を閉じた漣の両脚を、隆一が胸につくほど深く折り曲げさせた。

小さな尻が浮き上がって、漣は狭間の奥まで余すところなく隆一の目に晒すことになった。

居たたまれないほど恥ずかしいのに、でも歓《よろこ》びに胸がふるえている。

まだ慎ましく窄んでいる後孔に、潤滑剤が滴り落とされた。

その冷たい感触にさえ感じてしまって、漣は背筋をふるわせた。

ずぶずぶと、さしたる抵抗もなく、漣の後孔は隆一の指を咥え込んだ。

体内で蠢く指に、粘膜がさらなる快感をねだるようにまとわりついているのが、自分でも分かる。

うずうずと、腰の奥が熱く疼いていた。

指などではなく、もっと太く逞《たくま》しい、隆一のもので突き貫いて欲しくて堪らない。

でも、さすがに待ちきれないとは、濫《みだ》りがましすぎて口にできない。

一本だった指は、いつの間にか二本に増やされ、まるで別々の意志を持った生き物のように、漣の中をかき回している。

もどかしい吐息をつき、漣は鼻にかかった小さな声を洩らした。

「ふふ……」と、隆一が低く含み笑った。

「待ちきれなさそうだな」

カアっと赤面して、漣は隆一を睨んだ。

「そんなこと……」

「ないなら、もう少しこのまま焦《じ》らしてやろうか……」

「意地悪！　やっぱり、隆一さんは意地悪だ……」

愛しげに、隆一が漣の髪を撫でた。

「俺が意地悪なら、漣は意地っ張りだな」

「えっ……」

「欲しいなら、欲しいと、素直に言えよ」

恨めしげに唇を噛んだ漣を見て、隆一は仕方なさそうに苦笑している。

「俺は漣が欲しい」

きっぱりと言い切られた瞬間、漣の胸に温かなものがじんわりと広がっていた。

「……僕も……」と漣は、恥ずかしさを堪えて言った。

「僕も隆一さんが欲しい……」

「いい子だ。いい子にはご褒美《ほうび》をやらないとな」

にやりと不敵な笑みを浮かべて言うなり、隆一は漣の両脚を抱え直し肩に担《かつ》ぐようにした。

トロトロに解された後孔に、ついに隆一の切っ先があてがわれる。

狭い入り口を押し開かれる甘苦しさに、漣は背筋をふるわせた。

まとわりつく粘膜を捲《めく》り上げるようにして、隆一が漣の奥深くへと身を進めてくる。

「ああ……」と、漣は喘ぐように息をついた。

そろり、と様子を窺うように、隆一が動き始める。

「……んっ……」

待ち望んだ感触に、腰骨まで疼いていた。

疼きは甘い痺れとなって、漣の中でさらに熱く凝縮していく。

そんな漣の腰をしっかりとホールドすると、隆一がグッと腰を入れ直してきた。

途端、最奥《さいおう》の一番感じるところを抉るように突かれ、漣は背筋を反らして身悶えた。

本格的に腰を使い出した隆一の、身体が上へずり上がるほど激しい注挿《ちゅうそう》に、頭の芯までが白く溶け墜ちていく。

隆一の太く逞しいもので粘膜をかき回され、擦り立てられる快感は、エネマグラなど比較にならないほど深く凄まじかった。

入り口の感じやすい襞を捲られる快感も覚めやらぬうちに、切っ先で前立腺を思い切り抉られる。

開かされた内股が痙攣し、漣は喉奥から咽《むせ》ぶような嬌声をあげた。

もう自分が何を口走っているのかも分からず、隆一によってもたらされる悦楽を、なりふりかまわずただひたすらに貪り続ける。

頂点が近いのか、隆一の動きがいっそう激しさを増していた。

引き抜かんばかりに退いたかと思うと、腰から頭まで突き抜けるような勢いで貫かれた。

その度に、押し寄せる悦楽の大波に翻弄され、背骨までが砕けそうになる。

あまりに快楽が深すぎて、自分が自分でなくなってしまいそうで怖くなってしまう。

縋りついた隆一の背中に爪を立てても抗しきれず、漣は愉悦の渦に引きずり込まれ溺れていった。


神経が焼き切れそうな絶頂に、どうやら意識が飛んでしまったようだった。

ふうっと深い海の底から浮かび上がるように、目を覚ました。

どれくらい眠ったのか――。

瞼が粘り着いているようで、頭の芯もぼんやりとしている。

充足のため息を洩らし、漣はゆっくりと寝返りを打った。

激しすぎた快楽の余韻は身体のそこここに残っていて、指先も爪先もまだ痺れて力が入らない。

ともに、狂乱のひとときを堪能《たんのう》したはずの隆一の姿は見えなかった。

どこへ行ってしまったのだろうと思っていると、バスローブを羽織った隆一が戻ってきた。

「目が覚めたのか?」

シャワーを浴びてきたらしく、ボディソープの匂いをさせた隆一が、気怠げにうなずいた漣を抱き起こしてくれた。背中に枕を当て、楽な姿勢にしてくれる。

「ちょっと待ってろ」

そう言って、部屋を出て行った隆一は、すぐに熱い湯で絞ったタオルを持って戻ってきた。

「僕、寝ちゃったんだ……」

「俺がシャワーを浴びてる間だから、ほんの短い時間だ」

四肢《しし》を投げ出すように横たわった漣の股間を、温かいタオルで優しく拭ってくれる。

「ちょっと無理をさせたからな。ごめんな……」

小さく首を振った漣の隣へ、隆一はバスローブを脱ぎ捨て、添い寝するように滑り込んだ。

肩を抱き寄せられ、漣は逞しい胸にうっとりと頬を寄せ目を閉じた。

「もっと優しくするつもりだったのに……」

悔いるような隆一の声が、胸の奥から響いてきた。

「漣を見てると、大切に護りたいと思っているのに、めちゃくちゃにしたい気持ちが同時に湧き上がってきてどうにもならなくなる」

漣が目を開けると、隆一は困ったような笑みを浮かべていた。

「しょうもない嫉妬だな……。情けない。俺もたいした器じゃないな」

自嘲混じりに言って、隆一は肩を竦めている。

『……こんなに色っぽくて可愛い漣を、何人の男が見たのかと思うと強烈に妬けるな……』

隆一に言われた言葉が、卒然と浮かび上がっていた。

「誰も見てないよ」

掠れ声で、漣は唐突《とうとつ》に告白した。

「えっ？」

意味が分からなかったのだろう。怪訝そうな顔を向けた隆一に、漣は恥じらったように笑った。

「僕は落ちこぼれの男娼だったんだ。僕を気に入ってくれたのは、人形遊びにしか興味のないお客さんだけだった。だから、僕の恥ずかしい姿を見たのは、隆一さんだけだよ」

本当は、エネマグラを使われた時に玖木にも痴態を見られていた。

でも玖木は教育係として立ち会っていたのであって、漣を抱いたわけでも欲情したわけでもないので敢えてカウントしないことにした。

「漣は売れっ子で、予約を入れないと指名できなかったんじゃないのか」

「それは、営業上手な玖木さんが、僕を売れてるように見せかけてくれただけだよ。人形遊びの人は、僕を連れてホテルに泊まったり小旅行に出たりするのが好きだったんだ。帰ってきて、一日お休みをもらって、週末は隆一さんの予約が入る。だから、僕のお客さんは、ふたりしかいなかったんだ」

「それは、本当のことなのか？」

「そうだよ。だって……」

言いかけて、ほんの少し漣はためらった。漣にも、男としてなけなしのプライドはある。

でも、隆一との関係を築き直すなら、そんなものに拘っている場合ではないな、と思い直した。

「僕、勃たなかったんだ……」

それでも、羞恥のあまり、だんだん声が小さくなってしまう。

「えっ？」

「サロンでお客さんに指名されて……。でも、どうしても勃たなくて。その気になってないのがバレバレで興醒めだって、お客さんからクレームがついちゃって……」

「まさか……」

「ホントだよ」と、漣はため息をついた。

「二度も続けて、お客さんからクレームがついちゃって。玖木さんからも、すごく叱られた。それで、いざという時、自分で勃たせられるように特訓しろって言われてエネマグラ渡されたんだ」

「特訓って……」

顔をしかめ、呆れたように言ってから、隆一はあっと思い当たったように漣を見た。

「それじゃ、もしかしてこの間も……」

「うん……」と、漣は恥ずかしさに目を伏せた。

「接待しなくちゃいけないって思ってたから、もしもまた勃たなかったら、隆一さんの顔を潰しちゃうと思って……」

天を仰ぎ、隆一は嘆くように深い息をついた。

「……すまない、漣。俺は最低の男だ。俺がいつまでも、つまらない拘りを捨てきれなかったせいで、よけいに辛い思いをさせてしまった。勘弁してくれ」

「もういいんだ。隆一さんが初めてベルフールへ来てくれた時、僕、クレームがついたばっかりで。指名してくれたのが隆一さんだって知らなかったから、今度もダメだったらどうしようって泣きそうだった。だから、部屋へ行って隆一さんがいた時は、すごく驚いたけど、とっても嬉しかった」

「でもあの時、漣はすぐに勃ってたし、ものすごく感じてたよな。今日だって……」

呟くように言ってから、隆一は嬉しげに頰を緩めた。

「もしかして、俺だからなのか？　つまり、俺じゃなくちゃ、ダメってことなのか？」

頰を染め、黙ってうなずいた瞬間、漣は隆一に苦しいほど強く抱きしめられていた。

「漣……！」

そのまま押し倒されて、漣は慌てた。

「……隆一さん？」

いかにも照れくさそうに、はらりと落ちた前髪をかき上げ、隆一は組み敷いた漣を見下ろしていた。

「ああ、くそ……。嬉しくてどうかなりそうだ」

太股に当たる隆一のものが、また硬くなっていた。

「漣。これからは、何があっても必ず漣を護るから。だから、頼む。ずっと俺の側にいてくれ」

陶然として、漣は隆一の告白を受け止めた。

「隆一さんと一緒にいたい……。お願い、もう二度と離さないで」

長く踏み迷っていた仄暗い迷宮から、ようやく解き放たれた歓びで胸がふるえていた。

もうけして、お互いを見失ったりはしない。そのためなら、どんな努力も厭《いと》わない。

伸びてきた愛撫の手に息を乱し、身を捩りながら、漣はそう固く心に誓っていた。

あとがき

こんにちは、高塔望生《たかとうみお》です。

高塔望生としてお目にかかるのは、ずいぶん久しぶりのことになってしまいました。

もしかしたら、もうすっかり忘れられてしまったかもしれないと不安を感じています。

忘れないでいてくださった方、本当にありがとうございます。

そして、初めましての方、どうぞよろしくお願いいたします。

今回のお話は、親の借金のために男娼にまで身を堕としてしまった漣《れん》と、漣に裏切られたと思っている隆一《りゅういち》の再会物語です。シチュエーションが、これまでのわたしのお話とは少々毛色の違うものとなりましたが、お楽しみいただけたでしょうか。

皆様のご意見、ご感想など、お聞かせいただければ嬉しく思います。

イラストは、高行《たかゆき》なつ先生にお願いすることができました。

急なお願いにも拘わらず、お引き受けいただき、ありがとうございました。

完成したイラストを拝見できる日を、わたしもわくわく楽しみに待っているところです。

実は、昨年の一月に、思いがけず母が緊急入院してしまいました。以前から検査数値はあまりよくなかったのですが、そこまで悪いとは思わず、すっかり慌ててしまいました。

あとがき

四十日あまりの入院生活を経て退院したのですが、週に三回、四時間の人工透析に通うこととなりました。わたしも母のつき添いで、一日おきに透析クリニックへ通っています。力不足をそのせいにしてはいけないのですが、なんだか気持ちに余裕が持てなくて、それでなくても元々筆が遅いのにさらに時間がかかってしまいました。

おかげで、担当さんには、さんざんにご迷惑をおかけしてしまいました。いつもいつも、本当に申しわけありません。でも、このお話を書き上げることができて、よかったと思っています。お力添え、ありがとうございました。

早いもので、初めて商業誌に作品を掲載していただいてから、十年あまりが経ってしまいました。実は、そんなに経っていたとは自分でも気づいていなくて、今回数えてみて、ぎょっと固まってしまいました（笑）。

そのわりには、ちっとも上達していない気がするのがいかにも情けないのですが、書きたいと思う気持ちだけは、デビューの頃から少しも変わっていないつもりです。

こんなわたしですが、これからも皆様の応援をいただければ心強く、嬉しく思います。

最後になりましたが、この本を手にとってくださった方に、深い感謝を捧げます。

それでは、きっとまたお目にかかれますように！

二〇一六年　九月吉日

高塔望生　拝

睡郷の獣

すいきょうのけもの

和泉 桂

イラスト：サマミヤアカザ

本体価格 970 円+税

獣人と人間が共存し鎖国を続ける国、銀嶺。獣人は人を支配し、年に一度、睡郷で「聖睡」と呼ばれる冬眠をする決まりだった。ニナは純血種の獣人で、端整な美貌と見事な尻尾を持つ銀狐だが、父が国王に反逆した罪で囚われ、投獄されてしまう。命とひきかえに、その身を実験に使われることになったニナは、異端の研究者であるレムの住む辺境の地へと送られる。忌み嫌われる半獣のレムにはじめは反発していたニナは、その不器用な優しさに触れていく中で次第に心惹かれてゆくが、次第に実験を命じた王に疑念を抱き…。

リンクスロマンス大好評発売中

金の光と銀の民

きんのひかりとぎんのたみ

向梶あうん

イラスト：香咲

本体価格870円+税

過去の出来事と自分に流れるある血のせいで、人を信じられず孤独に生きてきたソウは、偶然立ち寄った村で傷を負って倒れていた男を助ける。ソウには一目で、見事な金の髪と整った容貌の持ち主であるその男が自分と相容れない存在の魔族だと分かった。だが男は一切の記憶を失っており、ソウは仕方なく共に旅をすることになる。はじめは、いつか魔族の本性を現すと思っていたが、ルクスと名付けたその男がただ一途に明るく自分を慕ってくることに戸惑いを覚えてしまうソウ。しかし同時に、ありのままの自分を愛されることを心のどこかで望んでいた気持ちに気づいてしまい…。

飴色恋膳《あめいろこいぜん》

宮本れん
イラスト：北沢きょう

本体価格870円+税

小柄で童顔な会社員・朝倉淳の部署には、紳士的で整った容姿・完璧な仕事ぶり・穏やかな物腰という三拍子を兼ね備え、部内で絶大な人気を誇る清水貴之がいた。そんな貴之を自分とは違う次元の存在だと思っていた淳は、ある日彼が会社勤めのかたわら、義兄が遺した薬膳レストランを営みつつ男手ひとつで子供の亮を育てていることを偶然知る。貴之のために健気に頑張る亮と、そんな亮を優しく包むような貴之の姿を見てふわふわとあたたかく、あまい気持ちが広がってくるのを覚え始めた淳は…。

リンクスロマンス大好評発売中

月神の愛でる花 〜鏡湖に映る双影〜《つきがみのめでるはな〜きょうこにうつるそうえい〜》

朝霞月子
イラスト：千川夏味

本体価格870円+税

ある日突然、異世界サークィンにトリップした日本の高校生・佐保は、皇帝・レグレシティスと結ばれ幸せな日々を送っていた。暮らしにも慣れ、皇妃としての自覚を持ち始めた佐保は、少しでも皇帝の支えになりたいと、国の情勢や臣下について学ぶ日々。そんな中、レグレシティスの兄で総督のエウカリオンと初めて顔を合わせた佐保。皇帝に対する余所余所しい態度に疑問を抱くが、実は彼がレグレシティスとその母の毒殺を謀った妃の子だと知り…。

豪華客船で血の誓約を《ごうかきゃくせんでちのせいやくを》

妃川 螢
イラスト：蓮川 愛

本体価格870円+税

厚生労働省に籍を置く麻薬取締官―通称：麻取の潜入捜査員である小城島麻人。捜査のため単独で豪華客船に船員として乗り込むことになった麻人は、かつて留学時代に関係を持ったことのあるクリスティアーノと船上で再会する。彼との出来事を引きずり、同性はもちろん異性ともまともな恋愛ができなくなっていた麻人だが、その瞬間、いまだに彼に恋をしていることに気づいてしまう。さらに、豪華客船のオーナーであるクリスティアーノ専属のバトラーにされ、身も心もクリスティアーノに翻弄される麻人だったが、そんな中、船内での不穏な動きに気づき…!?

リンクスロマンス大好評発売中

誰も僕を愛さない《だれもぼくをあいさない》

星野 伶
イラスト：yoco

本体価格870円+税

大手化粧品会社に勤める優貴は、目に見えない恋愛感情を一切信じていなかった。そんなある日、いつも無表情で感情の読めない後輩の刀根に告白される。その時は無下にあしらった優貴だが、後日仕事でミスを犯し、あろうことか保身のために全責任を刀根になすりつけてしまった。刀根は弁解することなく、閑職に異動を命じられ、優貴の前から姿を消す。しかし一年後、専務の娘との見合いが決まった時、再び刀根が現れ「あの時のことを黙っていてほしければ俺に抱かれてください」と、脅迫ともいえる交換条件を突き付けてきて…?

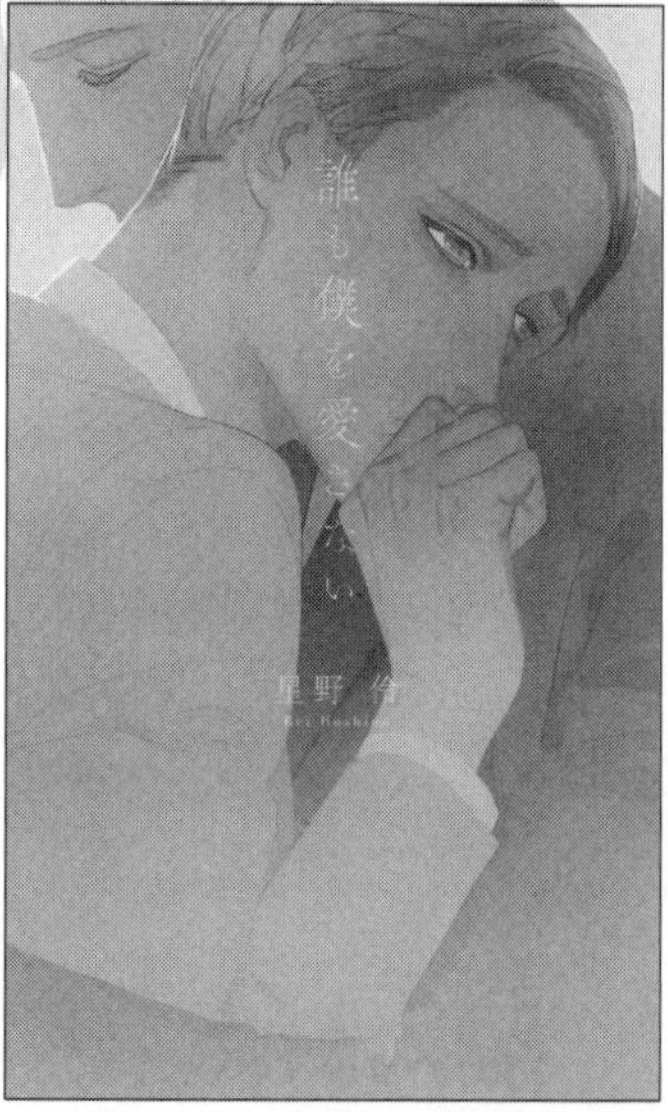

ルナティック ガーディアン

水壬楓子
イラスト：サマミヤアカザ

本体価格870 円+税

北方五都の中で高い権勢を誇る月都。第一皇子である千弦の守護獣・ルナは神々しい聖獣ペガサスとして月都の威信を保っていた。だが、半年後に遷宮の儀式をひかえ緊張感が漂う王宮では、密偵が入り込みルナの失脚を謀っているとも囁かれている。そんな中、ある事件から体調を崩しぎみだったルナは人型の姿で庭の一角に素っ裸で蹲っていたところを騎兵隊の公荘という軍人に口移しで薬を飲まされ、助けられる。しかし、その日からルナはペガサスの姿に戻れなくなってしまい、公荘が密偵だったのではないかと疑うが…。

リンクスロマンス大好評発売中

夜の男
よるのおとこ

あさひ木葉
イラスト：東野 海

本体価格870円+税

暴力団組長の息子として生まれた、華やかな美貌の深川晶。家には代々、花韻と名乗る吸血鬼が住み着いており、力を貸してほしい時には契と名付けられる「生贄」を捧げれば、組は守られると言われていた。実際に、花韻は決して年をとることもなく、晶が幼い頃からずっと家にいた。そんな中、晶の長兄である保が対立する組織に殺されたことがきっかけで、それまで途絶えていた花韻への貢ぎ物が再開され、契と改名させられた晶が花韻に与えられることになった。花韻の愛玩具として屋敷の別棟で暮らすことになった契は彼に犯され、さらには吸血の快感にあらがうこともできず絶望するが…。

妖鳥の甘き毒《ようちょうのあまきどく》

高原いちか
イラスト：東野 海

本体価格870円+税

王家の傍系である周家と、武官の家である檀家の勢力争いが繰り広げられる大国・白海国。周家の当主・西苑は、明晰な頭脳と美貌で、若くして政を取り仕切っていたが、一方で身分を隠し夜の街で男を漁る淫らな顔を持っていた。だがある日、西苑はその秘密を敵対する檀家の季郎に知られてしまう。若い獅子のような獰猛な光を放つ季郎に「黙っている代わりに、俺に抱かれろ」と傲岸不遜に告げられた西苑は、強引に身体を開かれるが——。

リンクスロマンス大好評発売中

黒狼の水鏡《こくろうおうのみずかがみ》

橋本悠良
イラスト：古澤エノ

本体価格870円+税

広告代理店に勤める馨は、人ならざるものが見える特異体質を持っていた。そのため周りに馴染めず孤独な思いを抱えていたが、不思議な鏡を拾ったことをきっかけに馨の生活は一変する。なんと、鏡から獣の耳と尻尾を生やした少年が現れたのだ。「物の怪を統べる王、黒狼の化身・大牙だ」と名乗った少年は鏡が割れたせいで力を失い幼体化し、元の世界に帰れないと言う。そんな大牙の面倒をみることにしたが、屈強な成人の姿に戻るにつれ、徐々に近づく大牙との別れに寂しさが募り…？

小説原稿募集

リンクスロマンスではオリジナル作品の原稿を随時募集いたします。

募集作品

リンクスロマンスの読者を対象にした商業誌未発表のオリジナル作品。
（商業誌未発表のオリジナル作品であれば、同人誌・サイト発表作も受付可）

募集要項

＜応募資格＞
年齢・性別・プロ・アマ問いません。

＜原稿枚数＞
４５文字×１７行（１枚）の縦書き原稿、２００枚以上２４０枚以内。
※印刷形式は自由。ただしＡ４用紙を使用のこと。
※手書き、感熱紙不可。
※原稿には必ずノンブル（通し番号）を入れてください。

＜応募上の注意＞
◆原稿の１枚目には、作品のタイトル、ペンネーム、住所、氏名、年齢、電話番号、メールアドレス、投稿（掲載）歴を添付してください。
◆２枚目には、作品のあらすじ（４００字～８００字程度）を添付してください。
◆未完の作品（続きものなど）、他誌との二重投稿作品は受付不可です。
◆原稿は返却いたしませんので、必要な方はコピー等の控えをお取りください。
◆１作品につき、ひとつの封筒でご応募ください。

＜採用のお知らせ＞
◆採用の場合のみ、原稿到着後６カ月以内に編集部よりご連絡いたします。
◆優れた作品は、リンクスロマンスより発行させていただきます。
原稿料は、当社既定の印税でのお支払いになります。
◆選考に関するお電話やメールでのお問い合わせはご遠慮ください。

宛先

〒151-0051
東京都渋谷区千駄ヶ谷４−９−７
株式会社　幻冬舎コミックス
「リンクスロマンス　小説原稿募集」係

この本を読んでの
ご意見・ご感想を
お寄せ下さい。

〒151-0051
東京都渋谷区千駄ヶ谷4-9-7
(株)幻冬舎コミックス　リンクス編集部
「高塔望生《たかとうみお》先生」係／「高行《たかゆき》なつ先生」係

リンクス ロマンス

淫愛秘恋

2016年10月31日　第1刷発行

著者……………高塔望生《たかとうみお》
発行人…………石原正康
発行元…………株式会社　幻冬舎コミックス
〒151-0051　東京都渋谷区千駄ヶ谷4-9-7
TEL 03-5411-6431（編集）
発売元…………株式会社　幻冬舎
〒151-0051　東京都渋谷区千駄ヶ谷4-9-7
TEL 03-5411-6222（営業）
振替00120-8-767643
印刷・製本所…共同印刷株式会社
検印廃止

ISBN978-4-344-83833-8 C0293
Printed in Japan

幻冬舎コミックスホームページ　http://www.gentosha-comics.net